石 の 夢

―― ボードレール・シュペルヴィエル・モーリヤック ――

横山昭正

溪水社

　　　　　ま　え　が　き

　書名は、ボードレールのソネット「美」La Beauté（『悪の花』XVII）の初行に由る。

　　私は美しい　おお死すべき者たちよ！　石の夢のように
　　Je suis belle, ô mortels! comme un rêve de pierre,

　ここでの「美」は抽象的な概念であり、また明らかに「美女」あるいは「美の女神」でもある。この詩には、主観の吐露を嫌い、「不感無覚」impassibilité の詩学に基づいて彫塑のもつ不動の美を追求した高踏派の理念がみとめられる。
　「石の夢」はおよそ二つの意味にとることができる。一つは、石が夢みる夢、である。たとえば、ミケランジェロのような彫刻家がカラーラの石切場で、求めていたより遥かに良質な大理石の塊りに出逢い、その無言の促しに導かれて、それまで夢想していなかったような理想美を彫り出すこともあるだろう。
　もう一つは、「美」の第二節に現れるエジプトのスフィンクスやミロのヴィーナス像のように、石に刻まれた芸術家の夢、あるいは美のかたちである。

　　私は蒼穹に君臨する　不可解なスフィンクスのように
　　Je trône dans l'azur comme un sphinx incompris;

　この詩が作られたと推定される時期（1843〜47）、ルコント・

ドゥ・リールに「ミロのヴィーナス」があり、バンヴィルの同題の詩には「くっきりと定まった襞をもつ夢　偉大な石の詩」Rêve aux plis arrêtés, grand poème de pierre　という詩句がみられる。ボードレール自身、『1859年のサロン』で「彫刻は、あらゆる人間的なものに、用いられた物質の堅固さから生じる何か永遠的なものを与える」と述べている。「死すべき者たち」mortels に他ならない私たち人間は、堅固で半永続的な岩や大理石に、脆い儚い私たちの生のかたちを永遠にとどめたいという困難な、しかし根源的な願望を刻みつけてきた。「美」の第一節――「私（＝美の女神）の乳房は［…］／詩人に愛を吹き込むためにある／物質と同じように永遠で無言の愛を」Et mon sein ［…］ / Est fait pour inspirer au poète un amour / Eternel et muet ainsi que la matière――における「愛」は、このような芸術家の願望に他ならない。

　本書でとりあげたボードレール、シュペルヴィエル、モーリヤックはもちろん他の詩人や小説家も、言葉という不確かで不安定な、移ろいやすい素材を用いて、そうした願望をそれぞれの文学空間に形象化しようと苦闘してきた。有限の生命とその壊れやすい夢を不滅のかたちに定着するという創作の営みは、死と、人間が未だかつて見たことのない死後の永遠の世界（これは想像の空間でしかないのだが）とかかわってくる。ボードレールはその未知の世界を、様々なイマージュによって暗示している：「新しい太陽のように空をかける〈死〉は／かれらの頭脳の花々を開花させるだろう」（「芸術家たちの死」、CXXIII）。「私が夢みる新しい花々」（「敵」、X）。「一茎の稀有な花のように神にむかって迸るであろう／ポエジー」（「ワインの魂」、CIV）。「〔この世〕より美しい天空の下でほころびる／飾り棚の上の異様な花々」（「恋人たちの死」、CXXI）。「未知の〈天空〉へとひらかれた柱廊」（「貧しい者たちの死」、CXXII）。「私が愛する　しかも知り得なかった〈無限〉の／扉」（「美への讃歌」、XXI）。

「〈未知〉の奥底に**新しい**ものをみつけるために」(「旅」、**CXXVI**)〔ローマ数字は、引用詩の『悪の花』再版(1861)における番号〕。
　幻視かもしれないが、詩人たちがかいまみた未知の新しい世界をかれらと共に夢想すること、そこで花ひらくかもしれぬ無限の生、生の永遠性へのかれらの見果てぬ夢の跡をたどり、その眼差しの方向を指し示すこと——これが本書における批評の試みである。

目 次

まえがき

I

「ぼくは忘れていない　街のはずれの…」評釈　3
ボードレールにおける動物　19
ボードレールと秘教思想　53
ボードレールにおける眼の風景　83

II

シュペルヴィエルにおける詩人　107
シュペルヴィエルの詩と生命把握　129
シュペルヴィエルの詩と身体感覚　147
『沖の小娘』における円環　179

III

モーリヤック『愛の砂漠』における動物　197

あとがき　233
TABLE

石 の 夢

RÊVE DE PIERRE

I

「ぼくは忘れていない　街のはずれの…」
Je n'ai pas oublié, voisine de la ville,…

評　　釈

I.

　ここにとりあげるのは「ぼくは忘れていない…」Je n'ai pas oublié に始まる無題の10行詩（dizain）である。これは、『悪の花』Les Fleurs du Mal 初版（1857）では70番目、再版（1861）では99番目、第3版（1868）では123番目に置かれている（引用テクストは再版による）。

　　ぼくは忘れていない　街のはずれの
　　ぼくたちの白い家——小さいけれど静かだった
　　石膏のポーモーナと古びたウェヌス像は
　　貧相な植込みに裸の手足をかくしていた
　　そして　夕方には　光したたる壮麗な太陽——
　　光束の砕けちるガラス窓の背後で
　　もの問いたげな空にみひらいた大きな眼の太陽が
　　ぼくたちの永くて黙りがちな晩餐をみつめているようだった
　　大蝋燭の美しい照りかえしをたっぷりと
　　つましい食卓布とサージのカーテンの上に撒きちらしながら

　　Je n'ai pas oublié, voisine de la ville,
　　Notre blanche maison, petite mais tranquille ;
　　Sa Pomone de plâtre et sa vieille Vénus
　　Dans un bosquet chétif cachant leurs membres nus,

> Et le soleil, le soir, ruisselant et superbe,
> Qui, derrière la vitre où se brisait sa gerbe,
> Semblait, grand œil ouvert dans le ciel curieux,
> Contempler nos dîners longs et silencieux,
> Répandant largement ses beaux reflets de cierge
> Sur la nappe frugale et les rideaux de serge.

　ボンヌフォワ（1923-）が「世にも稀な美しい詩」un des plus beaux poèmes qui soient [1]と讃えるこの詩は、後にふれるとおり、*Les Fleurs du Mal* の全作品中、これに続く100番目の無題詩「あの気高い心根の女中は…」*La servante au grand cœur...* とともに最も私的なにおいの濃い作品である。

　この短詩の狙いは、一言でいえば「過去の現前化」にあると思われる。これはボードレールが生涯を通じて追求した、非常に重要な主題の一つである。我々はまず、詩人がどのような手法によってその実現に努めたか、探ってゆきたい。

　一読してただちに気づくのは、描出された詩世界が静謐さと光輝にみちた気分に染めぬかれていることである。喚起される空間は密度が濃く息ぐるしいほどで、みごとにそこに、逃れ去りやすい時間が閉じこめられている、と感じられる。失われた過去（おそらく幼年期）の楽園的時間を言語によって構築してゆくことが、そのまま楽園的状態を生き直すことであるような詩の時間——幸福な持続が、この空間に息づいているのである [2]。

　大切なのは、作者が、対象である過去を完結し凝固したものとして、過去の枠組みのなかに固定化しようとは考えていないことだ。彼は、彼が詩を書いているその現在に、過去がよみがえり、いわば水中花のように大きく美しくのび拡がる、というふうに作品を仕上げている。「過去の現前化」といったのは、そのことである。

それを作品の構造に即して考えてみよう。まず指摘されるのは、この10行詩が実は1つの文 phrase にすぎない[3]ことだ。主語 Je と動詞「忘れる」oublier、それに4つの目的補語（maison, Pomone, Vénus, soleil）——このことが作品の簡潔さと統一感を支えるであろうことはいうまでもない。さて、詩は《Je n'ai pas oublié》という複合過去に始まる。これはあえて訳せば「忘れていない；覚えている」となる——過去の行為の結果である現在の状態を提示する、複合過去の用法の典型的なものに他ならない。詩の全体が、これに支配される。したがって、時制からみれば過去のある時期の出来事——後に分析するように描出されるものは瞬間的な光景ではなく、より正確には、ある夕方のある瞬間が同時に永い時間を含んでいるといった情景が、現在時のなかにいわば浮上させられるわけである。

　作品は Et le soleil を境に2つに分けられる。空間は、先程ふれた2つの事物、家と太陽を中核に形づくられてゆく。この「ぼくたちの白い家」Notre blanche maison の提示も慎重にされる。「街のはずれの」voisine de la ville という同格の「半句」hémistiche によって我々に待機・期待をさせておき、「句またぎ」enjambement による提示で印象をつよめる。「街のはずれの」が意味するものも重要である。たくさんの人間が生活する街（ここでは Paris であろう）の喧噪に左右されず、かといってそこから遠く切り離されてもいない郊外を詩人が選んだのは、隔絶もまた生命の涸渇をもたらす怖れがあるからなのだ。次に、太陽にかかわる叙述は6行に及ぶのであるが、家の細部が太陽のイメージにまじって現われ、最後に詩は、部屋の内部（家具のイメージ）で閉じられる。もちろんそこに陽光が射しこんでいる。目的補語をなす2つの事物が融合し、作品世界に統一と持続を与えるのに役立つ。

　ところで、先に作品の現時性ともいうべき性格に言及したが、それを強めるものに現在分詞の多用がある（同時に qui あるいは et の

使用をさけることで、またそのゆるやかなリズムにより、詩句に流動性と連続性をもたらしている)。「かくしている」cachant、「光したたる」ruisselant（後者は現在分詞からきた形容詞だが、初版校正刷りでは「オレンジがかった」orangés となっていた)、「撒きちらしている」Répandant がそれである。この Répandant も、初版の「そして注いでいた」Et versait が修正されたものであり、詩人がいかに現在分詞形に執着したかうかがえよう。

　さてここで、もとにかえって、Notre blanche maison の「ぼくたち」nous が誰を指すのか明らかにしておきたい。これは、子供の私 (je *enfant*) とその母を指す。我々がこの詩の対象とする時期を je の幼年期としたのも、je を作者ボードレールに重ね合わせて解釈をすすめるのも、この作品に言及したボードレール自身の手紙（次章 II で引用）が残されているからである。

　我々は作品の現時性を強調したが、2つの半過去「砕けちっていた」se brisait および「ようだった」semblait はどう受け取るべきであろうか？　前者は挿入句のなかの過去にすぎない。後者は、それ自体が主語の実質的な動作・状態を提示する動詞ではなくて、他の動詞の意味を緩和する、補助的意味あいの強い動詞である。したがって、むしろ力点は句またぎで詩句の冒頭に置かれる「みつめる」Contempler という不定詞にあるというべきであろう（上述のとおり、Et versait が Répandant と修正されたために、光を流す太陽の描写も過去性を減じられていることは想起しておきたい）。またいうまでもなく、半過去には、不確定ながらかなり長期にわたる習慣あるいは反復行為をあらわす働きがある。2つの半過去は、太陽にみつめられながらなされた母と子の夕食が一定期間くり返されたことを裏付ける。「ぼくたちの晩餐」nos dîners という複数形もこの意味で重要である。「永くて黙りがちな」longs et silencieux も、幸福な夕食の光景に一層の持続感を付与している。詩作品における過去の現

前化は、このように過去の持続の再生でなければなるまい。さらにそれが単なる一定期間の継続ではなく、永続的な時間の現在時への定着であるとき、作品は成功したといえるだろう。

　そのための配慮が、この小品ほど細部の隅々にまでゆきわたっているのもめずらしい。ポーモーナとウェヌスの彫像は、永い神話的古代からの時間が停滞し凝集したものに他ならない。「古びたウェヌス像」sa vieille Vénus は家の歴史の古さも暗示するだろう。家や家具もふくめて、書割りの質素で小さいこと《exiguïté》(ヒューバート[4]) はいかなる意味をもつのだろうか？　まず目につくのが、小さな白い家の周辺の貧寒なことである。我々はすでに楽園的という言葉を用いたが、それにしては豊饒な自然もなければ華麗な装飾もない。植込みは「貧相な」chétif ものであり、ポーモーナは大理石ではなく石膏製で、ウェヌス像は古ぼけている。テーブル・クロスも「つましい」frugale。豊麗なものは太陽光だが、それも熾烈な昼の陽光ではない。しかも、それが室内に届くのは窓ガラスごしにである。「大蝋燭の照りかえし」reflets de cierge というメタフォアも、光と熱が決して強烈なむきだしのものではないことを示す。

　こうした書割りの選択には、ボードレールの好みがみとめられる。周知のように彼は、生なままの自然の、過剰な生命のエネルギーを厭悪した。たくさんの例があげられるものの、これについては、サルトル (1905-80) も引いたブラン (1917-) のことばが要領を得ている :「[ボードレールは] 自然を光輝と多産の貯蔵庫として怖れ、彼の想像力の世界をこれに置きかえる」[Baudelaire] redoute la nature comme réservoir de splendeur et de fécondité [et] lui substitue le monde de son imagination [5]。実際、chétif でない豊かに繁茂した植込みは、かえって生命の消長のドラマのはげしさを予感させるし、そのことで死の観念を喚びおこさずにはいないだろう[6]。それがしのびこめば、詩世界は崩壊するにちがいない。果実と花の女神ポーモーナ

も、美と愛と多産の女神ウェヌスも「裸の手足をかくしてい」る。こうして、外界をあまねく占めるものといえば、地上の盛衰の時間に左右されない、不滅の太陽の光のみとなる。

　ボードレールの夕陽への好みもよく知られている。昼が、夜の闇のくる前でためらい澱む、均衡の時、太陽がいちばん華麗な色彩をみせ、時間がしばらくたゆたう夕方、「光束」gerbe は鋭さを減じるかわりに、流れるような物質感を帯びてゆるやかに拡がるが、「窓ガラス」la vitre をとおることで、さらにやわらかな、だがきらめく輝かしさを得るのである[7]。

　ここで検討しておきたいのは、この作品に対するポルシェ（1877-1944）の見解[8]である。彼はその稀な美しさをみとめながらも、作品は、つけ足しのような9行目の現在分詞のせいで、最後に混乱がおきている、と、Répandant 以下に否定的な立場をとる。我々はこの考えにくみしない。確かにここにきて、リズムはますますゆるやかになり、空間も、光の氾濫の動きのおかげでひきのばされ膨張する。いってみれば空間の伸長・拡大が現出するわけだが、そこにもボードレールの、至福の時の永遠化への願いがひそむ、と思われる。この光の空間の拡大が、日常のもっともありふれた事物の一つである「食卓布」nappe と、長くたれた「サージのカーテン」rideaux de serge に収斂する[9]。serge も、質素で丈夫な布地であり、永遠の太陽の光の再集中を受けとめ、保持するのにふさわしい。この終結部は、「つけ足し」une rallonge（ポルシェ）とは判断しがたい、といわねばならない。

II.

　我々は、XCIXの10行詩を、過去の現前化、永続的な時間の定着という視点から考察してきたが、この詩の空間形成には、もう一つのかくされた意図がある。我々は楽園的なという言葉をくり返して

「ぼくは忘れていない　街のはずれの…」

きたが、この夕陽と小さな白い家を両極として構築される空間が、聖なる場としても表出されている——その点である。一言でいうなら、この家は、教会（あるいは少なくとも小さな礼拝堂）を思わせるように表出されているのである（そこから生じる効果が、Ⅰで検討された詩世界の永遠化にふさわしいものであることはいうまでもない）。我々はⅡにおいて、ではなぜボードレールがこのような作品を書かねばならなかったか、その発想の根本の動機、そして、倫理的な狙いともいうべきものを、上述の家＝教会の手法の解明とまじえながら剔出してゆきたい。そのためには、まずボードレールがオンフルール滞在の母にあてた、1858年1月11日（月）付けの手紙から、その一部を引用しておかねばならない：

　　すると母上は『悪の花』の中に、あなたにかかわる、というか少なくともぼくたちの昔の生活、ぼくに特異な悲しい思い出を残したあのやもめ時代の内輪のあれこれをほのめかした二作品に気づかれなかったのですね？——一つは「ぼくは忘れていない、街のはずれの…」（ヌイイー）で、もう一つは次につづく「あなたが嫉妬なさったあの気高い心根の女中は…」（マリエット）です。これらの作品はタイトルなし、明確な説明なしにしておきました——家族の内輪事を安売りするのはいやですから。

　　Vous n'avez donc pas remarqué qu'il y avait dans *Les Fleurs du mal* deux pièces vous concernant, ou du moins allusionnels [*sic*] à des détails intimes de notre ancienne vie, de cette époque de veuvage qui m'a laissé de singuliers et tristes souvenirs, — l'une : *Je n'ai pas oublié, voisine de la ville...* (Neuilly), et l'autre qui suit : *La servante au grand cœur dont vous étiez jalouse...* (Mariette) ? J'ai laissé ces pièces sans titres et sans indications claires, parce que j'ai horreur de prostituer les choses intimes de famille.[10]

「安売りする」prostituer はもともと「売春させる」の意で、ボードレールが偽悪的に好んだ語である。再婚した母親への痛烈なあてこすりである（ここでは tutoyer ではなく、vouvoyer で話しているのもよそよそしい。別の箇所で、一旦 tu と書きながら、それを vous と訂正している事実にもそれがうかがわれる）。

引用文にあらわれた事柄とその背景について、簡単に説明を加えておきたい。

ボードレール（6歳）が、パリ郊外ヌイイの別荘に母親と水入らずの生活をすごしたのは、1827年夏のことである。この年2月には父親のフランソワが死んでおり、翌年11月には母親がオーピック陸軍少佐 Jacques AUPICK と再婚する。この時期の母と二人きりの生活が、幼いボードレールに残した快い記憶は鮮烈でありつづける。1861年5月6日の母あての手紙からこの記憶を拾ってみよう：

> ああ！ それはぼくにとって母性愛あふれるよき時でした。母さんにとってはきっと悪かった時を「よき時」と呼ぶなんて、ごめんなさい。でもぼくはいつだってあなたの中で生きていたし、あなたはただただぼくのものでした。あなたは同時に偶像で友達でした。
>
> Ah ! ç'a été pour moi le bon temps des tendresses maternelles. Je te demande pardon d'appeler *bon temps* celui qui a été sans doute mauvais pour toi. Mais j'étais toujours vivant en toi ; tu étais uniquement à moi. Tu étais à la fois une idole et un camarade. [11]

前に引いた手紙に「ぼくに特異な悲しい思い出を残した」qui m'a laissé de singuliers et tristes souvenirs とあるのは、オーピックと母の縁談、そして再婚を指すのである。ボードレールは死んだ父親にはかわいがられ、彼に対してあたたかい記憶を持ちつづけたようだが、後者の手紙にはエディプス・コンプレックスの発露がみられる。父の死後は、母を独占できることでほとんど（性的な意識も含め）恋人のように振舞おうとしたらしい（母＝恋人という二重の意識をめぐる分析では、ピエール・エマニュエル（1916-）の研究が今までに一番するどく、卓抜である[12]）。そこにはまた、男の子にありがちの、父に代わって母を守るという、背伸びした姿勢もみられよう。ポルシェはこの心理を強調して、小さな白い家を「恋人たちの巣」nid d'amoureux [13]とまで呼ぶ。つづけてポルシェが、この作品の解釈において、名ざされてはいないが支配的な母の存在が、「安全の印象と至福の感覚」une impression de securité, une sensation de bien-être [14]を生んでいる、とするのは正当であるが、この感覚を肉感性に結びつけて考えすぎるようだ。母の「肉としての存在の熱」la chaleur d'une présence charnelle [15]が全体をひたしている、とするのは、作品の現実をはなれて、上記の手紙を中心とする伝記的資料に引きよせすぎた解釈であると思われる。しかし、そう述べながらその少し後で「沈黙の質がまさしく宗教的なものだ」La qualité du silence est proprement religieuse [16]と評している点は肯定できる。サルトルも手紙を手がかりにして、ボードレール母子の関係を「近親相姦の男女」un couple incestueux [17]と呼ぶ一方では、「宗教的な一体生活」vie unanime et religieuse [18]とも呼び、「聖域のなかに保護されている」il s'est mis à l'abri dans un sanctuaire [19]と叙している。このことを、作品に即して考察せねばならない。

家の静かさ、白さ（それは純粋・無垢 pureté, innocence の観念を喚びさます）とともに、窓ガラスに砕ける夕べの光束が、すでに

漠然と教会の雰囲気（ステンドグラス vitraux にあたる陽光）を暗示する。質素な室内でのながい沈黙の夕食も、一種の敬虔な「沈思」recueillement の印象を伝える。こうしたイメージの喚起に決定的な役割を果たすのが、「大蝋燭」cierge と「食卓布」nappe である。夕食が、キリストの故事をもち出すまでもなくすぐれて宗教的な行為であることは自明だが、ことに「つましい食卓布」nappe frugale は、「祭壇布」nappe d'autel を連想させるのである。ここにいたって、ヌイイの小別荘がボードレール母子（少なくともボードレール一人）にとって、サルトルの用語を用いれば「聖域」sanctuaire に等しいものであったことが了解される。

　かくして、ようやく我々は解釈の核心に入ってゆくことになる。ボードレールにおいてはしばしば、神の玉座が描き出される空には大きな目にたとえられる太陽がある。さらにそれが、神の目と結びつけられることがある。たとえば彼にとって、人間存在がおちこんで苦しんでいる地獄とは、「天のいかなる目もさし透らない」Où nul œil de Ciel ne pénètre [20]地底である。これは、主題の詩の部屋とは対蹠的な場所であることが分かる。

　さて、ここで提起するのは、無意識的にしろボードレールは、この「みひらかれた（太陽の）大きな目」に死んだ父親のイメージを重ね合わせているのではないか、という問題である。ところでボードレールが、母の再婚にたいして生涯いやされることのないうらみの感情を抱いたことはよく知られている。その打撃の大きかったことは、研究者たちの等しく認めるところである。サルトルなどはそのボードレール論の出発点にこのショックをおいている。ポルシェは、この再婚によって傷つけられたボードレール（6歳の！）を、裏切られた恋人のようにながめている。それは、そうした研究者たちの指摘をまつまでもなく、彼の書簡集をよめばただちに納得のゆくことである。母への愛憎のことばは、たびたびその再婚と、1844

年に法定後見人（conseil judiciaire）をあてがわれたことにもどってゆく。「ぼくのような息子がいる時、再婚はしないものです」Quand on a un fils tel que moi, on ne se remarie pas [21] とボードレールはたしなめる。時には死んだ父親のことをもち出す。これは、再婚した母親を苦しめずにはいないだろう（義父オーピックの死後〔彼は1857年4月28日、『悪の花』刊行の約2か月前に亡くなる〕も、事情はかわらない）。前に引いた1861年5月6日の手紙には、「ぼくはお父さんの肖像画しか持っていませんが、それはずっと口がきけない」Je n'ai que le portrait de mon père, qui est toujours muet [22] とある。

　ところで、ボンヌフォワはある講演で、ハムレットと母との関係を、ランボーと母とのそれにことよせて語った、と阿部良雄は伝えている [23]。この比較を、阿部も試みているようにボードレールと母との関係にあてはめてみるとき、主題の10行詩のもつ意味は単純なものではなくなってくる。『ハムレット』には、王子ハムレットが亡き父王の弟と再婚した母親を責める場面がある [24]。ハムレットの母にはしかしそのときまで、この再婚にたいして少しも罪悪感はなかった。ボードレールの母にも、彼がその再婚をなぜ忌みきらうのか、どうしてものみこめない。ただ理由は分からなくとも、ボードレールの様々なかたちの難詰を身に引きうけ、耐えしのぶしかなかったようである。

　これらのことを頭に入れて、もう一度、このひそかに母親にあてられた詩を読み直すなら、新しい局面が展開するのである。

　《Je n'ai pas oublié,...》は、一見さりげない、ありふれた言葉による導入部だが、私（je）は、nous の一人である母親が、この時期のことをしっかり記憶していないのではないか、無視しようとしているのではないか、という疑惑にとらわれている。こう考えてくると、ポーモーナとウェヌスの、「裸の手足をかくしている」動作も、深い、皮肉でさえある意味をもってくる。ヒューバートは、

「家族の内輪事を安売りするのはいやです」という詩人の「恥じらい」pudeur が彫像の動作にあらわれた、ととるが、説得力に乏しく、牽強付会の感を免れない。ポーモーナもウェヌスも、前にふれたとおり、自然の豊饒多産を司る女神であり、古来多くの詩人たちによってその恋愛遍歴がうたわれてきた。その女神たちでさえも、裸体をかくそうとしている。一方、ボードレールの母親はといえば、父の死後、短時日にして別の男にまだ若く美しい肉体をゆだねたのである。これは死んだ父と、恋人に等しいボードレール自身への裏切りではないか？　ここで思い出されるのが、1858年1月11日の手紙の「特異な悲しい思い出」de *singuliers* et tristes souvenirs（強調は筆者）という表現である。singuliers という形容詞がなぜここでわざわざ用いられたのか、今まではっきりつかめなかったが、これは、子供のボードレールが、あえていえば性的にも感じた失望のショックを暗示しているのではないだろうか？　ポーモーナについては、興味ふかい物語がある。彼女は元来、エトルリアの果実と花のニンフで、ローマ神話に入りこみ、田野の神々、とりわけピクス、シルウァーヌス、ウェルトゥムヌスとの恋愛が詩人たちにうたわれた。我々が注目したいのは、オウィディウスによる物語りである。それによれば、彼女はウェルトゥムヌスの妻となったが、お互いの不滅の貞節（leur fidélité immortelle [25]）のおかげで、彼らは、季節のサイクルと植物および果実の成熟のサイクルに合わせて、たえず老い、若がえることができるようになったという。このポーモーナの fidélité こそ、彼ボードレールがひそかに母親につきつけたかった事柄ではないか（ボードレールがしばしばオウィディウスに言及していることもいいそえておきたい）。

さて、くり返しになるが、父フランソワの亡くなった今、小別荘の一室に、食卓をはさんで母と子がいる。二人の前の白い、おそらく洗いふるした、父の存命中からの食卓布は、また祭壇をおおう布

でもある。nappe d'autel——それは亡父と母の婚姻を思い出させるはずである（それは亡父からその位置をうけついだと自覚している je enfant と母との新しい婚姻でもある）。このとき、「もの問いたげな空[26]」ciel curieux には、亡夫の目でもあるかもしれない大きな太陽の目があり、母子をじっとみつめているのである。ここで、ボードレールが書きつけた次のような言葉を思い出すのもむだではなかろう：「毎朝、一切の力、一切の正義の貯水池である神に、また仲介者としての私の父に、マリエットに、そしてポオにお祈りをすること」Faire tous les matins ma *prière à Dieu, réservoir de toute force et de toute justice, à mon père, à Mariette, et à Poe,* comme intercesseurs [27]。
「祈り。母のうちなるわれを罰したまうな、またわれゆえに母を罰したまうな。——わが父とマリエットの魂をいつくしみたまえ」PRIÈRE. Ne me châtiez pas dans ma mère et ne chatiez pas ma mère à cause de moi. —Je vous recommande les âmes de mon père et de Mariette [28]。

これと関連して、「もの問いたげな空」についても考察を加えておきたい。今までなぜ空が curieux であるのか、ここではどんな意味で用いられているのか、判然としなかった。これは我々の観点からいけば、よく用いられる意味「〜したがる」Qui est désireux あるいは「自分にかかわらないことを知ろうとする」Qui cherche à connaître ce qui ne le regarde pas (『ロベール辞典』）をはなれて、まず、父の目（＝太陽）のある空（＝顔）が、その死後に残された母と子の生活に「注意を払い」「気をもむ」Qui a soin, souci de qqch (*Ibid.*) という元来の意味にとれよう。ところがこの詩を書いた時点では、母はすでにとうから再婚しており、その母に詩はあてられたのであるから、この curieux な空（＝顔）とその目とは、母のうらぎり行為の証人となり審判者となるに違いない。我々が「証人」というのも、初版校正刷りでは「もの問いたげな空にみひらかれた大きな眼」

grand œil ouvert dans le ciel curieux が、「空の奥にもの問いたげな証人として」au fond du ciel en témoin curieux となっていたことを考え合わせるからである（後者には、太陽のメタフォア「大きな眼」grand œil が未だ現れていないことも注目に値する）。もちろん、この「証人」témoin（これが ciel にかかるにしろ、soleil にかかるにしろ）は、楽園的至福をみつめる神という証人である（je *enfant* にとって）が、同時に亡き父という、母を告発する審判者でもある（je *narrateur* にとって）わけなのだ。成人した詩人は、je *enfant* の視線にはいり込むと同時に、詩を書いている現在の je *narrateur* を太陽（＝父）の視線の背後にもひそかにすべり込ませるのである。

　こうして、ⅠおよびⅡの前半で分析した10行詩の世界が、浄福の幼年期をみごとに表現しえていればいるほど、詩人の母への非難（それは裏返された甘えでもあろう）はより痛烈となるにちがいないと思われるのである。

　太陽の目（同時に神の目）を父の目と重ね合わせて考えること[29]に対しては、異論も出てくるであろう。しかし、ボードレールの世界で父のイメージが占める領野は意外な拡がりをみせるのではなかろうか。彼はしばしば父の視線を求めていた。ゴーティエやユゴーに対するボードレールの態度にも、あえていえば父への思慕ともいうべき心理の動きがよみとれるかもしれない。ドラクロワに対しても同じことがいえるかもしれない。『悪の花』におけるドン・ジュアンやサタンの冷静沈着な視線の定着にも、周囲の状況、ことに他者の視線に支配されずこれを支配しようとする、成熟した、ものに動じない、いってみれば父的な視線への希求がよみとれる。それは「シテールへの旅」*Un Voyage à Cythère* の終行：「ああ！　主よ！私に力と勇気を与えたまえ／私の心と肉体を嫌悪なしに見つめるだけの！」Ah! Seigneur! donnez-moi la force et le courage / De

「ぼくは忘れていない 街のはずれの…」

contempler mon cœur et mon corps sans dégoût ! という願いにも深く
かかわってくると思われる。

註
1) Yves BONNEFOY, *L'Improbable*, Mercure de France, 1959, p. 165.
2) R.-B. CHÉRIX, *Commentaire des《 Fleurs du Mal 》*, Pierre Cailler, 1949, p. 359 に
は、「かいまみられた楽園」le paradis entrevu とある。ポルシェも「地獄で失
われた、楽園のこだまのよう」tel un écho du Paradis, perdu dans les Enfers と述
べている。François PORCHÉ, *Baudelaire*, Flammarion, 1967, p. 49.
3) *Ibid*.
4) J.-D. HUBERT, *L'Esthétique des《 Fleurs du Mal 》*, Pierre Cailler, 1953, p. 168.
5) J.-P. SARTRE, *Baudelaire*, Gallimard, 1970, P. 136.
6) さかんな自然の活動と死の観念の結合については、*Le tir et le cimetière*, in
Petits Poëmes en prose および *Un Mangeur d'opium*—VII *Chagrin d'Enfance*, in
Les Paradis artifciels 参照。
7) そのような光への好みにかんしては、J.-P. RICHARD, *Profondeur de Baude-
laire*, in *Poésie et Profondeur*, Seuil, 1955, pp. 111-112 に詳しい。
8) F. PORCHÉ, *op cit.*, p. 50.
9) 存在の過度の拡散は、その無化につながることを詩人は恐れたのであろう。
Cf. J.-P. RICHARD, *op. cit.*, pp. 107-108 および G. POULET, *Les métamorphoses du
cercle*, Plon, 1961, p. 412.
10) *Correspondance générale*, Conard et Lambert, 1947, tome II, p. 121.
11) *Ibid.*, 1948, tome III, p. 283.
12) Pierre EMMANUEL, *Baudelaire*, Desclée De Brouwer, 1967.
13) F. PORCHÉ, *op. cit.*, p. 49.
14) *Ibid.*, p. 50.
15) *Ibid*.
16) *Ibid*.
17) J.-P. SARTRE, *op. cit.*, p. 18.
18) *Ibid.*, p. 20.
19) *Ibid.*, p. 19.
20) *L'Irrémédiable, Les Fleurs du Mal*, LIV.
21) J.-P. SARTRE, *op. cit.*, p. 20 および F. PORCHÉ, *op. cit.*, p. 54.
22) *Correspondance générale, op. cit.*, tome III, p. 282.

23) Y. BONNEFOY, *Rimbaud par lui-même*, Seuil, 1961.『ランボー』、阿部良雄訳、人文書院、1967、pp. 257-262.
24)『ハムレット』第3幕第4場の台詞参照。
25) Joël SCHMIDT, *Dictionnaire de la mythologie grecque et romaine*, Larousse, 1970, p. 257.
26) 阿部良雄は「もの珍し顔の空」、福永武彦は「もの珍しげな大空」、堀口大学は「物見高い大空」、鈴木信太郎は「不思議な空」と訳している。
27) *Journaux intimes*, in *Juvenilia Œuvres Posthumes Reliquiæ*, II, Conard et Lambert, 1952, p. 84.
28) *Ibid.*, p. 104.「マリエット」は100番の無題詩にうたわれる女中の名。
29) René GALAND, *Baudelaire—Poétiques et Poésie*, Nizet, 1969, p. 381 には、太陽ならびに父（そして母）という存在についての一般的考察から、「亡くなった父親がこうして、加わることのできない家族の生活を見守りつづけているようだ」Le père mort semble continuer ainsi à observer la vie familiale, sans pouvoir y participer とあり、我々と同様の見解に達している。

ボードレールにおける動物

I．プルーストのボードレール観

保苅瑞穂『プルースト・印象と隠喩』(筑摩書房、1982) に、次のような考察がある。

> 〔…〕プルーストは文明が爛熟するのと平行して頽廃と生命力の衰微とがおとずれたヨーロッパ近代の末期に、生命を甦らせることを文学の使命と心得て書き始めた作家だった〔…〕。かれは世紀末を賑わしたどんな巧緻な芸術理論よりも人間の生命への欲望、したがってその本能を尊んだ。(p.27)

この考えは、そのままにではないがボードレールの一面にもあてはまるのではないか、と私には思われた。

周知のように、プルースト Marcel PROUST (1871-1922) はボードレールを敬愛した作家であり、創作の上でも詩人から多くを学んでいる。彼はボードレールが単なる倦怠におぼれた詩人——精神の病的な崩壊現象にのみ淫した、一言でいえば頽廃の詩人であるとはみなさなかった。上掲書の52頁から55頁には、ボードレールに対する偏った見方の元凶をゴーティエ Théophile GAUTIER (1811-72) とするプルーストの文章が引用される。要するにプルーストにとってのボードレールは、「19世紀最大の詩人、ロマンチスムとはまさに対蹠的なただひとり知的で古典的な詩人[1])」に他ならない。

ここで興味ふかいのは、プルーストの批判するゴーティエが、堕落を「偉大さの証し」とみなし、「堕落、つまり尋常の類型から距たることは、いつに変らぬ本能にひきまわされる宿命を背負った動物にはできぬことであるからだ[2]」と述べていることである。すなわち己の状態を対象化して意識し、それを堕落と認識する能力のない動物には、堕落もその反対の概念・倫理意識もなくて、ただ即自存在としての類型的な生き方しかできない（この動物にはおそらく、当時の俗衆のイメージが重ね合されているだろう）。従って動物は己の状態から高みへ上昇することはもちろん、低みへ降下することもできない卑小な存在なのである。いずれにせよ、ゴーティエが動物をこのように定義づけて用いたことは憶えておきたい。我々の主題に関わってくるからである。

　ところでこの、ゴーティエがボードレールについて世紀末の青年達のあいだにひろめた（とプルーストが考えている）「意志の病い」、「欲することができ」ず、「行動するすべを知らず、考えることを欲しない[3]」精神の衰弱にボードレールも確かに冒されていた。ただボードレールは、そのことを鋭く意識し、そこから離脱できないことに苦しみながら、そうした精神の典型を作品のなかに刻みこんだのである。詩人が精神の病いに罹り、これにおぼれることと、これを作品化することとのあいだには、大きな距りがあるはずである。プルーストの言いたかったのは、このことなのだ。

　しかしながら、ボードレールは生命力の蘇生、無気力からの復活を希求していたと単純に言い切ることはできないであろう。実生活での様々な挫折、失敗、精神的なまた肉体的な病いの自覚もふくめて、彼の絶望・憔燥感は根ぶかく、そこから脱出したいという願望とさらに堕落したいという自虐的な欲求にはさまれて身動きできなくなる。この麻痺状態を意識すればするほど、ボードレールはさらに意識の泥沼に沈んで動けなくなる。作品もまた、その両極のあい

だを複雑にゆれうごくのである。このような「意志の病い」については、リシャール Jean-Pierre RICHARD（1920-）が次のように述べている。

> 明日への永遠の延期、流産した計画、実現不可能な夢。ボードレール自身の生活が、いわば可能性それ自体への愛が如何に停滞に陥り、無力の悲しむべき汚染を蒙るおそれがあるかを如実に示している。4)

プルースト自身、『読書の日々』*Journées de lecture* のなかでこのような病的な怠惰について語り、註としてフォーンターヌとコールリッジの例をあげている。そして後者について、リボーの『意志の疾患』に引かれたカーペンターの評言を紹介している。少し長くなるが、それを読んでみよう。

> 〔…〕これほどの目を見張るような才能に恵まれながら、そこからかくも僅かなものしか引出さなかった者もない。彼の性格の大きな欠陥は、持って生まれた天賦の才を活用するための意志が欠如していたことで、そのために心には常に壮大な計画が浮かんでいながら、そのどれ一つをも一度として本気になって実行しようとしたことがないのであった。5)

ボードレールがその才能から引出したものは、量的にはともかく、質的には僅かなものではない。しかしプーレ Georges POULET（1902-）の指摘にもあるとおり、彼がことに晩年、書けない苦しみに悩んだことは確かである 6)。

ただ、その創作力の涸渇の原因は様々であるだろう。私たちにとって興味ぶかいのは、一方ではそれが彼の方法（意識）の必然的な結

末ではないか、という点であるが、ボードレールはその条件のもとで、詩人であるが故に、その創作行為のなかで生命力の蘇生あるいは再生を図るしかない。このエッセーで我々が明らかにしようと努めるのは、詩人のその苦闘の跡である。

II．オランウータン

　ボードレールがフランス文学に残した功績のなかで、ポー Edgar Allan POE (1809-49) の翻訳・紹介はいくら評価してもしすぎることはないであろう。その作業のなかで、彼がアメリカの詩人からうけた影響の大きさ・深さもよく知られている。我々が表題のテーマに従ってまずとりあげたいのは、ポーの著名な短篇『モルグ街の殺人事件』The Murders in the Rue Morgue である。

　この作品の翻訳は、1854年7月から翌年4月まで、「祖国」Le Pays 紙に発表されたポーの37篇のうちの一つとして、55年2月25日と26日、続いて3月1日から7日までの9回に分けて掲載された。この時のタイトルは『オーギュスト・デュパンの予見能力・その I・モルグ街の二重殺人』Facultés divinatoires d'Auguste Dupin, I. Double assasinat dans la Rue Morgue で、1856年3月12日発行のポー翻訳集『意想外の物語』Histoires extraordinaires (Michel Lévi) の巻頭に収められる。

　この作品で、ポーが殺人犯をオランウータンにするのは、単にグロテスクで意想外な効果を狙うためだけではあるまい。この獣の信じ難い活力 énergie に、パリのような近代都市が見失いつつあった一つの根源的な生命力をみとめたからではないだろうか。これは市民の常識の枠を越えた、途方もない、人間の力では抑えがたい原初的・盲目的な活力であり、ポーは、この圧倒的な力が管理の網の目（＝飼主の支配）をくぐり抜けて、飼いならされつつあった市民の面前で爆発する、そのくらい輝きをこの作品のモチーフとしたかっ

たのではあるまいか。

　まず、殺害されたレスパネー夫人とその娘であるが、金銭的に余裕のある中産階級で、働かずに暮せるだけの固定収入があったようである。この事については具体的には述べられてないが、家にまで出入りできた数少ない人間のなかに銀行家があり、その証言によれば、レスパネー夫人にはある程度の財産があり、8年前から彼の銀行に口座を開いていた（Madame l'Espanaye avait quelque fortune. Il lui avait ouvert un compte dans sa maison, huit ans auparavant, au printemps [7]）。また4階建ての一軒家を所有しながら、家が傷むといって部屋の賃貸しをやめている。ただその身元や財産の出所は不明で、謎めかして書かれているが、それは彼女らが意識的に隣人との交渉をさけたためであり、また同時に、膨張しつつあった（パリという）都市がその孤立を許したともいえよう。同じ所に8年ほど（いつから住み始めたかも明確でない）暮しながら、近所の人間はレスパネー夫人の生活の中身をほとんど知らず、知っていることも大抵はうわさを通してである。

　　Elles menaient toutes deux une vie excessivement retirée ; elles *passaient pour avoir de quoi.* [8]

（強調は筆者）

　こうした無名性に加えてもう一つ、近代都市の特徴を示すものとして群集の存在があげられる。ボードレールの詩世界での群集の重要性はあらためて説くまでもないが、事件が起きたのは「淋しい裏通り」une rue borgne, très-solitaire [9] で、また深夜だったにもかかわらず群集があつまるのである。

　　[…] ils ont refermé la porte pour barrer le passage à *la foule qui s'amassait considérablement*, malgré l'heure plus que matinale. [10]

〔…〕il y avait *une multitude de gens* qui contemplaient de l'autre côté de la rue les volets fermés, *avec une curiosité badaude.* [11]

(10、11とも強調は筆者)

　ボードレール的都会の特質の分析は、たとえばリシャールの『ボードレールの深さ』[12]の154頁から159頁に詳しいが、都会とその住人は、「角張ったものの悲劇的な法則に屈従して[13]」おり、都会の風景は「角張っているという一般的性格[14]」に支配されている。パリは「不協和・非対称・不均整・すべてびっこをひくものの王国である[15]」。この意味でレスパネー夫人の住んでいた裏通りの形容詞にボードレールがborgne（＝片眼の）を撰んだことは注目してよい（註・9を参照せよ）。しかも、この母と娘の生活には全く性的な要素が欠けていて、いわば中性的 neutre であることも重要である。とくに母親は、「子供っぽい人だった」La bonne dame était en enfance [16]（ en enfance には、もうろくした gâteux という意味もある）。そんな、もう一度リシャールの評言に従えば「人工的で、不毛の」artificiel, stérile [17] 都市の角張った空間に、柔軟で強靭きわまりない、本能そのものの生命力の荒々しい侵入が突発する。そこにはほとんど官能的 érotique なまでの加害者と被害者の接触がある。オランウータンによる「動機なき虐殺」boucherie sans motif [18]である。
　まだ犯人が人間以外の生物であるとは気づかれていないころ、デュパンは語り手の「私」に次のように言う。

Je vous prie de remarquer cette férocité *bestiale.* [19]

(強調はボードレール、ポーにはない)

さらにつづけて、

> […] nous sommes allés assez avant pour combiner les idées d'une agilité merveilleuse, d'une férocité bestiale, d'une boucherie sans motif, d'une *grotesquerie* dans l'horrible absolument étrangère à l'humanité, […] [20]

(強調はボードレール、ポーにはない)

最後にデュパンは動物学者キュヴィエ Frédéric CUVIER (1773-1838) の記述を引く。

> Tout le monde connaît suffisamment la gigantesque stature, la force et l'agilité prodigieuses, la férocité sauvage et les facultés d'immitation de ce mammifère. [21]

その敏捷性 agilité につけられた形容詞 merveilleuse (驚異的な)；prodigieuse (奇蹟的な) が指し示すものを、近代都市は抹殺ないしは管理・支配しようと努めてきたといえないだろうか (この agilité は、別の所で sans pareille [22] [比類のない] と形容されている。また le caractère *très-extraordinaire,* presque surnaturel, de l'agilité nécessaire pour l'accomplir [23] [強調はボードレール、ポーにはない] ともある)。

引用が少し長くなったが、オランウータンの並はずれた能力と、殺害の残虐さに関する記述は実に執拗で、偏執的にさえ感じられる。ポーの狙いは、読者に恐怖を覚えさせることにあったのだろうが、我々には、レスパネー母娘の生活とそれを取りまく都市 (パリ) の空間との対照によって、オランウータンの目的も動機もない、あえていえば無償の殺戮のなかに、純粋な生命力と欲望のとてつもない

憤出をみる思いがする。

Ⅲ．Hop-Frog

つぎにとりあげるのは、『ぴょん蛙[24]』*Hop-Frog*で、これは『モルグ街の二重殺人』と同じように「祖国」*Le Pays* 紙上に1854年2月23日から25日の3回にわたって分載され、『悪の花』出版の約3ヶ月前、1857年3月8日発売の『新・意想外の物語』*Nouvelles histoires extraordinaires* （Michel Lévi）に収録される。

この作品と、ボードレール自身の散文詩「英雄的な死」*Une Mort héroïque*[25] との類似は明らかだが、前者では、後者とは逆に道化が王を殺す点が最も異なっている。しかし、我々がここで注目したいのはそのことではなくて、Hop-Frog の復讐の残酷さと怪奇さである。この grotesquerie をとくに際立たせるのが、① Hop-Frog 自身の肉体の醜悪さ、②彼に焼き殺される王と7人の大臣たちの仮装、である。

①についていえば、Hop-Frog は次のような外観を与えられる。

> Néanmoins, son fou, son bouffon de profession, n'était pas seulement un fou. Sa valeur était triplée aux yeux de roi par le fait qu'il était en même temps nain et boiteux. [26]

その結果、この道化師の動作は次のようになる。

> Dans le fait, Hop-Frog ne pouvait se mouvoir qu'avec une sorte d'allure *interjectionnelle*, — quelque chose entre le salut et le tortillement, [...] [27]

（強調はポーおよびボードレール）

これだけなら、彼はこっけいな存在でしかないだろう。ところが彼には、人並みはずれた膂力が恵まれているのである。その記述をみてみよう。

〔…〕la prodigieuse puissance musculaire dont la nature avait doué ses bras, comme pour compenser l'imperfection de ses membres inférieurs, le rendait apte à accomplir maints traits d'une étonnante dextérité, quand il s'agissait d'arbres, de cordes, ou de quoi que ce soit où l'on pût grimper. [28]

王の暗殺を助けることになるこの筋力には、人間の限界を超えた、いってみれば動物的なエネルギーが秘められていることは、その形容に『モルグ街』のオランウータンについてと同じ prodigieuse が用いられていることによってもうなずかれよう。事実、上の記述に続いて Hop-Frog は、

Dans ces exercices-là, il avait plutôt l'air d'un écureuil ou d'un petit singe que d'une grenouille. [29]

と、リスあるいは猿に比されているのである。このほとんど動物に等しい人間が王とその大臣達、要するに体制の支配者を殺害するというのがこの作品の主題なのだ。地上を離れた所では「驚異的な器用さ」étonnante dextérité を発揮する Hop-Frog とは対照的に、王たちは近代の ennui を病んでおり、美食と無為・安逸の結果であろう、みな太っていて、その鈍重さは精神の働きにまで及んでいるのである。

〔…〕il leur était difficile d'attraper leur idée, à cause qu'ils étaient si gros ! [30]

②に関して、この復讐劇の grotesquerie を構成する要素としては、Hop-Frog が王たちに提案した仮装をあげねばならない。それは前章に登場したオランウータンの変装なのである。では、なぜオランウータンでなければならないのか？　その理由は必ずしも説得的ではないが、次のように述べられている。

> A cette époque où se passe cette histoire, on voyait rarement des animaux de cette espèce dans les différentes parties du monde civilisé ; [31]

　この動物が、文明世界と対比させられていることは興味ふかい。この物語の時代、「オランウータンのような動物はまだ稀にしかみられない」——というのは、例えばサーカスや動物園などで鎖につながれ飼いならされた姿、つまり野性の驚嘆すべき生命力を抑圧された姿で文明人の支配に甘んじることは未だ珍しかったのであろう。

　文明世界の管理者として、オランウータンとおよそ対蹠的であるべき王と大臣が、これと同一視されて抹殺されるところに、この短篇の痛烈な皮肉がある。ただ、ここでのオランウータンは肥満した王たちに他ならず、しかも鎖につながれる点が『モルグ街』とは異なっている。とはいえ『モルグ街』のオランウータンも、飼主の水夫の手もとから逃げ出す前はここでの王たちと同じ囚われの身で、またおそらく捕獲後は再び水夫の鞭の支配に隷従することになるだろう。いずれにしろ重要なのは、この火刑がオランウータンそのものへの制裁ではなく、その扮装に隠された支配層の抹殺であることなのだ。

　ボードレールは「老いた大道芸人」(*SP*, XIV) で、社会の下層民 paria (『赤裸の心』*Mon cœur mis à nu*, XL) あるいは流浪の民 peuples nomades (*Ibid.*, XXXII) の比喩としてオランウータンを想起し

ている：「怪力男（＝ヘラクレス）たちは、筋骨隆隆の手足をひけらかすが、額もなく頭蓋骨もない、オランウータンのように」Les Hercules, fiers de l'énormité de leurs membres, sans front et sans crâne, comme les orangs-outangs。彼の作と推定される「若い女大道芸人に」 *A une jeune saltimbanque* の怪力男は、ヘラクレスの別名を用いて「恰好いいアルキデス」Alcide fait au tour と呼ばれ、「市民は驚嘆し　警察は痛めつけるが／百キロでも持ちあげる」Qu'admire le bourgeois, que la police écharpe ／ Qui porte cent kilos ——このように並みはずれた膂力を誇る反権力的存在として登場する（Alcide はギリシア語 alké「力」の派生語）。

　実証思想と、ボードレールがとりわけ嫌悪した進歩思想を旗印に物質主義を押し進めた人々のうち、一握りの大資本家や裕福なブルジョワジーが作りあげた社会秩序（「合理的な階級制の成立」l'établissement d'une hierarchie raisonnable, 『火箭』*Fusées*, XV）に巧妙に搦めとられ、非合理的な内面の闇と野性の生命力を失いつつある小市民たち——大道芸をなりわいとする下層民やジプシーの群れは、そのような社会の枠組みの周縁で放浪しながら自由気ままに生きる、しかも獣に比すべき驚異的な形而下のエネルギーを秘めた反理知的な（「額もなく頭蓋骨もない」）存在に他ならない。ユゴー Victor HUGO（1802-85）やゴーティエ（1811-72）、バンヴィル Théodore de BANVILLE（1823-91）のような詩人、メリメ Prosper MÉRIMÉE（1803-70）やフロベール Gustave FLAUBERT（1821-80）のような小説家はかれらに怖れと讃嘆の眼差しを注いだ。「ぼくの性質の根っこのところは、人が何と言おうと大道芸人です」Le fond de ma nature est, quoi qu'on dise, le saltimbanque と、フロベールは若年の手紙（1846年8月8日付）に書いている。画家のなかではドーミエ Honoré DAUMIER（1808-79）が、かれらを好んで描いた。

　スタロバンスキー Jean STAROBINSKI（1920-）が『大道芸人とし

ての芸術家の肖像』*Portrait de l'artiste en saltimbanque* (Albert Skira, 1970, p. 90) に載せたドーミエの「縁日のヘラクレス」(1865年頃) は、上掲のボードレールの詩にぴったりの作品である。

Ⅳ. 鳥

Hop-Frog には注目すべき点がもう一つあって、それは王たちの火刑が空中で行われる、そのことの意味である。鎖につながれた王たちのオランウータンが、大広間の群集の頭上高く吊り上げられるのは、もちろん Hop-Frog の復讐が妨げられぬためであり、同時に彼自身が逃走するためである。だが何よりも、Hop-Frog が地上ではびっこをひく代りに、空中では自在に動けるからではないか。この時、道化師 (=猿=リス) はほとんど鳥に似てくる。

> Le boiteux lança sa torche sur eux 〔=huits cadavres〕, grimpa tout à loisir vers le plafond, et disparut à travers le châssis. 32)

この boiteux (びっこ；びっこの) という語で思い出されるのが、ボードレールの詩「あほう鳥」*L'Albatros* である。この巨鳥は詩人のアレゴリーで、空中で飛んでいるときは「雲界の王子」prince des nuées と呼ばれ、地上の射手や勢子 (つまり俗衆) を嘲うことができる。しかし一たび船乗りにつかまえられると、不器用な恥ずべき存在に失墜してしまう。この「蒼穹の王者たち」rois de l'azur は、「甲板」planches の上で、

> Laissent piteusement leurs grandes ailes blanches
> Commes des avirons traîner à côté d'eux. 33)

ガラン René GALAND 34) も指摘するように、この planches からは

舞台が、また piteusement からは pitre（道化師）が連想される。このあほう鳥（＝詩人＝道化師）を、船乗りたちが真似しながらからかう。

　　L'autre mime, en boitant, l'infirme qui volait !　35)

　従って、鳥にも二重の意味が見出されるわけなのだ。空中にあっては王者であり、地上にあっては卑しく醜い道化師で、王にはもちろん俗衆にも笑われる存在となる。小散文詩「道化師とヴィーナス」*Le fou et la Vénus* では、道化師が美の女神ヴィーナスの像にむかって次のようにいう。

　　《Je suis le dernier et le plus solitaire des humains, privé d'amour et d'amitié, et bien inférieur en cela au plus imparfait des animaux. 36)

　ここでは、道化師の「私」が最低の人間であることの比較に動物が登場する。この場合、動物は、驚異のエネルギーを潜めた無垢の生命力の象徴としてではなく、I章でふれた、ゴーティエのいう動物と同じような負の意味に用いられている。
　ボードレールの世界において、動物（鳥や様々の獣や虫）はこのように二重の意味を荷なわされていることに注意しておかねばならない。
　さて、少し脇道にそれたが、鳥も元はといえば地上の獣の進化したものである。始祖鳥をもちだすまでもなく、たとえば小鳥の足をみよ。それは美しい羽根に比べて余りにも醜い。鳥の足は、空を飛ぶ時は不要だが、地上に下りたつとき、木や土やえものをつかむのに必要となる。いわば小鳥の中の、地上的要素の凝縮したものが、その足なのだ。

この鳥に詩人がたとえられるのは、当然であるといえよう。「祝福」*Bénédiction* では、詩人は誕生そのものを生みの母親から呪われ、成人して後は自分の妻から嘲弄される。母親は「この愚弄〔＝詩人〕を育てるくらいなら、まむしのからみあいでも生む方がましだった」と、詩人を動物（しかも聖書でしばしば邪悪の象徴として扱われているまむし）にも劣る存在とみなす。

　　　—《 Ah！ que n'ai-je mis bas tout un nœud de vipères,
　　　　Plutôt que de nourir cette dérision！ [37]

　一方、詩人は天使や聖霊に守られて、「森の小鳥のように陽気である」〔…〕gai comme un oiseau des bois [38]。ここでは鳥は、獣とは全く異なり、天上の理想 idéal を体現する存在として現れる。そこから彼の心臓は「全く幼いひな鳥のように」Comme un tout jeune oiseau [39] と比喩されることになる。ところが地上の俗衆を代表する詩人の妻は、その心臓を生きた詩人の胸からとり出して、「お気に入りの獣」（犬か猫であろう）に食べさせたいと叫ぶのである。

　　　Je poserai sur lui ma frêle et forte main ;
　　　Et mes ongles, pareils aux ongles des harpies,
　　　Sauront jusqu'à son cœur se frayer un chemin.

　　　Comme un tout jeune oiseau qui tremble et qui palpite,
　　　J'arracherai ce cœur tout rouge de son sein,
　　　Et, pour rassasier ma bête favorite,
　　　Je le lui jetterai par terre avec dédain！》 [40]

　ここで、詩人の妻が自らの爪を「大鷲（の女神ハルピュイアイ）」

の爪になぞらえていることは重要である。ボードレールの場合、女性という存在はよく地上の獣や猛禽類にたとえられる。こうした女性と動物との結びつきは別の機会に論じるとして、「祝福」にみられた「詩人＝小鳥」の意味をさらに考えておきたい。

「あほう鳥」につづく詩「高翔」 *Elévation* で、《 tu 》と呼びかけられる「私の精神」mon esprit は、液状の天空を「軽やかに」avec agilité [41] 泳いでゆく巧みな泳者に似ており、また明らかに鳥でもある。

> Heureux celui qui peut d'une aile vigoureuse
> S'élancer vers les champs lumineux et sereins ; [42]

さらに、神のすまう天上高く翔ける存在の思考は「ひばり」にたとえられる。

> Celui dont les pensers comme des alouettes,
> Vers les cieux le matin prennent un libre essor, [43]

鳥はこのように地上の桎梏からの離脱、日常世界の汚濁を見下ろす飛翔の自由の、理想的な実現そのものである。次の例でも、「祝福」では「心臓」を意味した《 cœur 》が「心」として用いられているが、同じように小鳥に比される。

> Mon cœur, comme un oiseau, voltigeait tout joyeux
> Et planait librement à l'entour des cordages ; [44]

「祝福」と同様に、cœur が肉体を離脱した姿で描かれているのは面白いが、「祝福」ではそれが地上への失墜を意味していた。こ

こでは逆に、小鳥は、「自由」と「喜び」の象徴としてとらえられている。「風景」 *Paysage* における「夕べに朝に歌う鳥たち」des oiseaux chantant soir et matin [45] も、夜、「妖精の宮殿」féeriques palais を夢想するための素材であり、同様の意味を与えられているといえよう。

『悪の花』の世界に小鳥 oiseau があらわれることは稀である。それだけに鮮烈で忘れ難い印象を残すが、ほとんどの場合 oiseau という抽象的名辞のもとに登場させられ、個別性は与えられていない。その事とも関わってくるが、上述のように自由な解放の喜びとしてとらえられている点は、常識の域を出ておらず、陳腐ですらある。「高翔」を除いては、小鳥のイメージは、生彩に乏しい。このことは、この章の初めでふれた「あほう鳥」にも如実にみることができよう。

詩人のアレゴリー(寓喩)であるこの鳥は、第一節では「巨大な海鳥」vastes oiseaux des mers で、船を追いかける「のんきな旅の道連れ」indolents compagnons de voyage と描写される。indolents という形容詞に、やがて犠牲にされる純粋で無垢な存在 (leurs grandes ailes blanches ＝詩人) の姿とあほう鳥自身のゆったりとした飛翔、のんびりとした表情が、また *Hop-Frog* や *Une Mort héroïque* の王達にみられるような閑暇に恵まれた生活が読みとれる。だが、空たかく飛んでいる姿には、生き生きとした迫力、溢れるような生命力は感じられない。事実、第2節以後、この鳥は「翼ある旅人」Ce voyageur ailé,「蒼穹の王者」ces rois de l'azur,「雲界の王子」prince des nuées と、極めて修辞的なきまり文句でしか名指されないのである。ところが、この高貴な鳥が一たび地上にひきずり下ろされると描写は精細で豊かになり、そのイメージは活力をとりもどす。悲惨な失墜状態を示すために、思いつく限りの形容が重ねられてゆく。「みじめったらしく」piteusement；「びっこをひきながら」en boitant について は既にふれたが、maladroits et honteux ; gauche et veule ; comique et laid ; l'infirme ⁴⁶⁾と、執拗に畳みかける。

『悪の花』全体にもいえることだが、この「あほう鳥」や「祝福」の含まれる第一部『憂鬱と理想』Spleen et Idéal においても、理想の世界がうたわれることは稀で、また時にそれが描かれるとしてもほとんどの場合、悲惨な、暗澹とした地上の世界（＝理想の失墜）とそこに生まれる憂鬱の対照として、さらにはその憂鬱に圧殺される遠い楽園時代の記憶としてにすぎない。

V. 狩猟

エドガール・モラン Edgar MORIN（1921-）の *Le paradigme perdu : La nature humaine*（1973）は、人類学と生物学および隣接諸科学の先端の情報にもとづき人類の全体像に迫ろうとする試みである。その「第二部　人間化（人類一社会起源）」の「第一章　狩を覚えた狩られる者」において、類人猿から人間への進化の根底的な契機として「森林から草原へ」の移住があげられている。それに伴い、狩猟が生存のなかで果す役割が決定的なものとなる。狩猟の実践は人間化の過程に大きな跡をとどめる。セルジュ・モスコヴィッシ Serge MOSCOVICI（1920-）の「人間が狩するものに成るのではなく、狩する者が人間に成る ⁴⁷⁾」という言葉が紹介される。もちろん草原に出た類人猿は狩られる者でもある。生き残るためには、彼らは様々な能力と技術の発達に助けられながら狩る者にならなければならない。防御と攻撃。原初のヒトはモランに従えば「小さな、狩られる狩人」であったのだろう。

この「森林と草原の間で演じられた」であろうドラマを、モランは次のように描いている。

木の消失は、生物を草原のさまざまな危険に委ね〔……〕警戒、

注意、策略が生命に関わる重要なものとなる。もっとも微細な動きも何かのしるし(サイン)として翻訳しなければならず、もっともかすかな痕跡も手がかりとして翻訳しなければならない。個体的にも集団的にも、防御のために準備しなければならず、もし狩をする必要があるなら、攻撃のために身構えていなければならないのだ。[48]

　こうして、数百万年前に始まった狩は、ゆっくり進歩しながらホモ・サピエンスによってうけつがれ、マドレーヌ文化期（旧石器時代末期）に頂点を迎える。それが衰退してゆくのは最後の八千年の間である。狩猟が現代ではアフリカやオーストラリア等のいくつかの地域を除いては、スポーツとしてしか生き延びていないことは周知のとおりである。
　パリが舞台となるボードレールの作品では、しばしば通行人の「あとをつける」suivre あるいは「待伏せする」guetter といった話者の行為を通して物語りが展開する。その原型ともいうべき作品がポーの『群集の人』 *The Man of the Crowd* [49] である。これは群衆のうごめくロンドンを舞台に、病気あがりの話者が「恢復期の好奇心の熱情」 les ardeurs de curiosité de la convalescence [50] につきうごかされて、ある奇妙な老人を通りから通りへとつけてゆく物語である。ボードレールはこの作品を次のように要約している。

　　［…］ *l'Homme des foules* se plonge sans cesse au sein de la foule ; il nage avec délices dans l'océan humain. Quand descend le crépuscule plein d'ombres et de lumières tremblantes, il fuit les quartiers pacifiés, et recherche avec ardeur ceux où grouille vivement la matière humaine. [51]

話者である「私」がこの老人のあとをつけ始めるのは「どんな変わった物語があの胸には書きこまれていることか」Quelle étrange histoire est écrite dans cette poitrine ! [52] と思い、「その男を見失うまいという熱烈な欲求」un désir ardent de ne pas perdre l'homme de vue [53] が起こるからなのだが、そのあとで「尾行する」という表現が数回でてくる。

> [⋯] je m'approchai de lui et le suivis de très-près, mais avec de grandes précautions, de manière à ne pas attirer son attention. [54]

> [⋯] et je résolus de suivre l'inconnu partout où il lui plairait d'aller. [55]

> [⋯] et je marchais presque sur ses talons dans la crainte de le perdre de vue. [56]

> [⋯] il courut avec une agilité [⋯] — une agilité telle que j'eus beaucoup de peine à le suivre. [57]

こうして、「私」は未知の老人を2日にわたって尾行しつづけるのだが、彼は「私」に全く気づかず、もちろん視線も言葉も交されることはない。このような「私」と「老人」の関係は、ほぼ同じかたちでボードレールの詩「七人の老人」Les Sept Vieillards [58] や「小さな老婆たち」Les Petites Vieilles [59] に、また小散文詩「寡婦」Les Veuves [60] などにあらわれる。

これらの作品にみられる話者の行為は、いわば近代都市のなかの狩猟に他ならない。彼の動作はまさしく野獣を狙って待ちぶせたり、気づかれないように用心ぶかく獲物に近づく狩人のそれに似ている

といえよう。
　『火箭』 *Fusées*, XIV では、嫌悪する「進歩」思想に人間の永遠の野蛮性を突きつけてボードレールは次のように述べている。これは明らかにルソーのパロディーであるが、

> Qu'est-ce que les périls de la forêt et de la prairie auprès des chocs et des conflits quotidiens de la civilisation? Que l'homme enlace sa dupe sur le Boulevard, ou perce sa proie dans des forêts inconnues, n'est-il pas l'homme éternel, c'est-à-dire l'animal de proie le plus parfait ?

「大通りでかもを罠にかけようと、未開の森で獲物を突き刺そうと、人間は永遠に完璧なまでの、肉食獣ではないか」、「文明世界の日常茶飯の衝突や争いに比して、森や草原の危険が何だろう」——このようにボードレールは近代都市を未開の森や草原と、都市の住民を猛獣やその獲物と同一視する。というのも「かもを罠にかける」enlacer sa dupe の enlacer は、蔦などが「絡みつく」、さらに蛇などが餌食に「巻きつく」様を表しているからである。
　モランの記述をもう一度引くことにする。

> 草原における狩猟がヒトを巧妙にし、ヒトの資格を与える。つまり狩猟は、ヒトを、感覚器官にうったえる曖昧で微妙な無数の刺戟の翻訳者に仕立てる。それらは信号となり微候となり伝言となるのだ。そして、それらをよく識る者は専門家となる。
> 〔…〕狩猟は知性を、もっとも危険なもの、つまり大きな肉食獣と遭遇させ、力を競い合わせる。それは注意深さ、しつっこさ、闘争性、大胆さ、策略、囮、罠、戦略的能力を刺戟するのである。[61]

ここに出てくる「専門家」を、われわれはボードレールにならって「詩人」と言いかえることができるかもしれない。彼は小散文詩「群集」Les Foules [62]のなかで次のように述べているからである。

> Il n'est pas donné à chacun de prendre un bain de multitude : jouir de la foule est un art ; et celui-là seul peut faire, aux dépens du genre humain, une ribote de vitalité〔…〕.
> Le poète jouit de cet incomparable privilège, qu'il peut à sa guise être lui-même et autrui. [63]

また「寡婦」Les Veuves では、舞台は街中の喧騒ではなく、人気の少ない公園であるが、

> C'est surtout vers ces lieux que le poète et le philosophe aiment diriger leurs avides conjectures. Il y a là une pâture certaine. [64]

と、他者の内部を見抜き、これとの合一感を味わうことができるのは「詩人と哲学者」であるとされている。ここで注目したいのは、「そこには確かな飼料（pâture）がある」という一行である（この pâture には「動物の餌」「牧草地」の意もある）。詩人は公園で、そこに集まる様々な人々の内部を、その「数知れぬ伝説」les innombrables légendes [65] という餌を食べにくる動物のような存在に他ならない。ここで思い出されるのが、上記引用（「群集」）の、「人間どもの生命力を食べほうだい飲みほうだいにする」faire, aux dépens du genre humain, une ribote de vitalité という表現である。これはただちに『群集の人』の老人を想起させる。彼は一人でいるときは不安気で、元気がなくなる。しかし、ひとたび人の群れに入り込むと生気をとりもどすのである。

Cependant, comme nous avancions, les bruits de la vie humaine se ravivèrent clairement et par degrés ; et enfin de vastes bandes d'hommes, les plus infâmes parmi la populace de Londres, se montrèrent, oscillantes çà et là. Le vieux [*sic*] homme sentit de nouvean palpiter ses esprits, comme une lampe qui est près de son agonie. Une fois encore il s'élança en avant d'un pas élastique. 66)

　老人が群集を求めてロンドン市中を歩き回るのは、明らかに群集の活力に浸ることで彼自身も生き返ることができるからなのだ。「人間生活の物音がよみがえる」とともに貧民の群れが姿をみせると、「老人はふたたび精気が動悸をうつ (palpiter)」のを身に感じ、「はずむ足どりで」群れに身をなげるのである（この palpiter はボードレールが好んで用いた動詞の一つで、後にあらためて考察されねばならない）。その老人を狩人のようにつけてゆく「私」が、病い（＝死への接近）から癒えて、恢復期の生き生きとした愉悦の気分のなかで人間の群れへの復帰を果しつつあったことは重要である。この尾行によって、「私」も老人の群集からの生気の吸収にあずかっているといえないだろうか。
　ここで気づくのは、作者による視点の逸脱である。話者の「私」の視点からは、老人の内面の感覚まで知覚することができないのはいうまでもない。にもかかわらず「ふたたび精気が動悸をうつのを感じた」と、老人以外の話者に断定させているのである。この、話者の対象への同化は、大都会の群集、しかも最下層民の群れ（《 de vastes bandes d'hommes, les plus infâmes parmi la populace de Londres 》）の底知れぬ生命力を吸収し、蘇生したいという作者ポーの強い願望から、おそらく無意識のうちに行われたものであろう。その結果、作者の話者との一体化も果されたといえる。更にガランに倣って、この老人（＝話者＝作者）に「食人鬼」ogre あるいは吸血鬼（＝

魔王 Satan, Diable）のイメージを重ねてみることも許されよう（註74参照）。

　作家の創作活動は、ある意味で覗き見ないし盗み見である。また書くこと、ひいては読むことで他者の生を咀嚼し、自己の生きる活力を吸収しているのであれば、それは一種の食人ないし吸血行為に他ならない。このことをボードレールは確かに自覚していた。それは「群集」Les Foules (SP, XII)の「人間どもの生命力を食べほうだい飲みほうだい」 aux dépens du genre humain, une ribote de vitalité、「あのえもいわれぬ大饗宴」 cette ineffable orgie は詩人の「比類のない特権」cet incomparable privilège であるという考えに原型的に表れている。

　ところで名詞 ribote は「暴食；暴飲」débauche de table ; excès de boisson (『リトレ・フランス語辞典』、Hachette, 1876) を意味し、『パリの憂愁』ではここにだけ登場する。その動詞 riboter も『悪の花』では一回だけ、「読者に」Au Lecteur の第6節で用いられている。次章の初めにその個所を引用する。

Ⅵ. riboter

　　Serré, fourmillant, comme un million d'helminthes,
　　Dans nos cerveaux ribote un peuple de Démons, [67]

『悪の花』の序詩「読者に」には、様々な動物が登場する。第一節にはまず「しらみ」vermine があらわれる。

　　Et nous alimentons nos aimables remords,
　　Comme les mendiants nourrissent leur vermine. [68]

ここでは「我々」が自らの手で養い育てる「我々の愛しい悔根」が、乞食が養っている「しらみ」にたとえられる。ここでの皮肉な逆説性は、「我々」は「悔恨」に巣食われる一方的な被害者ではなく、自らこれに栄養を与えて育てている共犯者でもあるという点にみられる。同じように「しらみ」も、乞食がその肉体を餌にさせることで生かしている離れ難い存在なのである。
　「しらみ」に類する寄生生物は、体内では「廻虫」helminthe として登場する。これに「我々の脳の中で飲めや歌えの宴会をしている」「デモンの群れ」がたとえられる。ヒューバート　J.-D. HUBERT [69]にならっていえば、「脳」cerveau は肉体と精神の二義性をもっているがゆえに、「廻虫」と「デモン」は容易に結びつけられる。こうして「我々」の内面は群れなす「悪（鬼）」に寄生虫のように占領されていることになるのだが、「我々」はそれから決して逃げることはできない。というより「我々」はそれを忌み嫌うどころか好んで共生を図っているらしいのだ。この寄生虫が肥え太ると、「我々」の内面は、「金狼や豹や山犬／猿やさそりや禿鷹や蛇」などの「怪物」が住む「悪徳の動物園」と化すであろう。

> Mais parmi les chacals, les panthères, les lices,
> Les singes, les scorpions, les vautours, les serpents,
> Les monstres glapissants, hurlants, grognants, rampants,
> Dans la ménagerie infâme de nos vices, [70]

　ところが、これらの「怪物」のなかでもとりわけ邪悪で醜悪な存在が「倦怠」Ennui であり、「彼は大きい身振りもせず大きい叫び声もあげないが」、

> Il ferait volontiers de la terre un débris

> Et dans un bâillement avalerait le monde ; 71)

「地球を廃墟と化し」、「あくび一つに世界を呑みこむ」こともできる。「倦怠」は、「我々」の内部に巣食う悪徳であったのだが、今や外部世界をも破壊し、消滅させることの出来る怪物でもあるわけなのだ。「彼」はまた、ヒューバートもいうように「大悪魔トリスメジスト」と「地獄」の最終的な姿であり、また同時に「彼」は「我々」自身に他ならない。

> Cet être capable d'avaler le monde dans un bâillement est le dernier avatar de Satan Trismégiste〔…〕et de l'Enfer〔…〕. Mais, comme le prouvent les vers suivants, cet être monstrueux, c'est nous-même ! 72)

なぜならこの怪物は「我々」の内部で「我々」の肉体と精神を「飲んだり食べたり」riboter しており、しかも「我々」はそれを知りながらどうすることもできず、むしろ「彼」を「よろこんで」gaiement (「読者に」第2節) 養っているといえるからである。

> Tu le connais, lecteur, ce monstre délicat,
> — Hypocrite lecteur, — mon semblable, — mon frère ! 73)

「きみは彼を知っている　読者よ　このデリケイトな怪物を」の「きみ＝読者」は、作品の最初から「我々」nous に組み入れられていたことがこの最終節にきて明らかとなる。

最初の節で「我々の愛しい悔恨」nos aimables remords とした意味もよく分かるであろう。この逆説的に用いられた形容詞 aimable(s) には愛憎のアンビヴァレントな感情がこめられているので

ある。我々の存在（肉体も精神も）を苦しめる「悔恨」を我々は厭悪しながらも拭い去ることができない。「悔恨」は我々の存在の奥ふかく（寄生虫のように）食い入り、今やそれは我々自身となっているからである。

　もう一度、最終節にもどろう。「倦怠」という怪物は、なぜ「断頭台を夢みる」のか。

　　　C'est l'Ennui ! — L'œil chargé d'un pleur involontaire,
　　　Il rêve d'échafauds en fumant son houka.

　「彼」（＝ Ennui）は、悪徳のなかでも最も強大でいまわしい怪物的存在に成長しており、これを滅ぼすには「死」しかないからである。この断頭台は、他者のためのものか、それとも自己のためのものか、断定できないが、どちらに受けとってもよいと思われる。なぜなら我々人間はみな、この怪物に他ならないのだから。先に引いた、最終一つ前の節に、「彼は好んで地球を廃墟と化し」「あくび一つに世界を呑みこむ」とあるが、もしそうすれば彼みずからも破壊され、消滅せざるを得ないことを、この「デリケイトな怪物」はよく承知しているに違いない。この節のこの個所が条件法（推測の意）で書かれていること（ferait, avalerait）、また「断頭台を」単に「夢みる」rêver と表現していることも、その証左となるだろう。

　以上をみても、われわれの主題である「動物性」「獣性」animalité, bestialité が、『悪の花』の巻頭詩「読者に」Au Lecteur（Préface と改題されるのは第三版〔1868〕）のなかで占める役割りの大きさが理解できるであろう。廻虫やしらみなどの下等な寄生生物から猛獣・猛禽類に至る様々な動物たちが、人間存在の内面の様々な悪徳として直喩的・暗喩的に結びつけて捉えられるとき、他のより善良な動物に害毒や死を与えるこれらの（肉食、雑食あるいは有

毒の）動物が「怪物」と呼ばれることは既にみた。この「怪物」は「悪魔」や「地獄」とも結びついて、秩序ある世界全体を破壊させかねない力をもつことも確認できた。これに伴い指摘しておきたいのは、第7節（既出）での「悪徳動物園」の表現の凄まじいまでの力強さである。再び読んでみよう。

> Mais parmi les chacals, les panthères, les lices,
> Les singes, les scorpions, les vautours, les serpents,
> Les montres glapissants, hurlants, grognants, rampants,
> Dans la ménagerie infâmes de nos vices,

動物名（1、2行目）と形容詞（3行目）の列挙の激しく急速なリズム、p音とt音およびs音の多用、これにまじるk音の鋭さ、3行目のg音の衝撃力など、また通常は柔らかい優しさを与える[ã]も、次々に重ね合わされることで叫びうごめく動物たちのしなやかで強靭な肢体のうねりを喚起するかのようである。この節の激しいうごめきにみちた描写からは、ボードレールが動物たちを単に負のイメージとして提出したのではなくて、彼らの盲目の荒々しい活力、根源的な生命力へのひそかな讃嘆の眼差しがそこにかいまみえるように思われる。

　ここで、補足的になるが、ルネ・ガラン René GALAND の評釈を引用しておきたい。彼は世界を呑みこむ「倦怠」Ennui に「食人鬼」Ogre の化身をみる。そして次のようにいう。

> On observe ainsi, dans ce poème, une première constellation d'images ayant trait à l'animalité : grouillement larvaire, parasitisme, animaux malfaisants, dévorants ou venimeux, ogre. Baudelaire leur associe la présence d'esprits diaboliques. [74]

これは興味ふかい考察である。彼はまたデュラン Gilbert DURAND (1921-) が *Les structures anthropologiques de l'imaginaire*[75] において、この Ogre にギリシャ神話のクロノス Kronos（フランス語は Cronos）をみていることを紹介している。たしかにわれわれは「読者に」で描出された Ennui の姿に、たとえばゴヤの名作「わが子を食うサトゥルヌス」*Saturno devorando a un Hijo*[76] を重ね合せてみることもできよう。
　サトゥルヌスは古代ローマの農耕の神であるが、早くからギリシャ神話の巨人クロノスと同一視され、時間、憂愁、老い、死などを象徴するようになった。クロノスはウラノスとガイヤの末子であったが、宇宙の支配権を奪うために父ウラノスのペニスを切断、姉のレアと結婚する。沢山の子供をもうけるが、王座を奪われないように次々と呑みこんでゆく。ゴヤが描いたのはこのモチーフである。神話では、母レアの策略でただ一人助かったゼウスが、後に父クロノスを打ち負かし、呑みこまれていた兄や姉たち（デメーテル、ハデス、ポセイドンなどの神々）を復活させる。そして彼らと力を協せてクロノスに忠実な巨人族を倒し、覇権を握ることになる。このように、クロノス（＝サトゥルヌス）は自分の子供を「呑みこむ」のであって、食べて消滅させてしまうわけではない。そのおかげで、子供たち（後の神々）は蘇生も可能となるのであろう。しかしゴヤの鬼気迫る絵では、髪をふり乱した全裸の巨人が両手でつかんだわが子（裸の成人）の左腕を噛みちぎるところで、首と右腕は既になく、そこが真赤に血ぬられている。「時間」が老いてなお、その権力に執着し、わが子である「時間」を食い殺しているのであるから、サトゥルヌスは自らの存在の永続を図るどころか、その消滅を早めていることになる。この「食人鬼」としての「時間」のテーマはボードレールの詩世界の根幹をなすものである。
　まとめておこう。眼にはみえない抽象的・物理的現象である「時

間」が、ボードレールにあっては「倦怠」と結びつけられ、それが「魔王」Satan, Diable の姿をとる。この「倦怠」は「食人鬼」ogre あるいは吸血鬼であり、また我々を外からも内からも貪る寄生虫（「読者に」第1節および6節）でも、齧歯動物（「敵」FM, X）でもある。そして、この「倦怠」に占領されている我々の脳は、「魔王」の手下の「悪魔」ども démons に食い荒らされており、その半ば抽象的な悪としての存在は、上述のように寄生虫と同一視される。

　すなわち我々の内面に巣食うと同時に、外界にも満ち満ちているとボードレールが考える悪徳は、寄生虫や猛獣（「読者に」8節）に具現化されており、その王者が「倦怠」の化身である「魔王」なのである。ボードレールはこれらの動物に怖れと嫌悪を覚えながら、同時に彼らの無償の生命の、原初の暗い輝きに魅惑される。合理主義に支えられた「進歩」思想を信奉するブルジョワ階級が、物質と富の追求に狂奔しながら着々と築きあげていた近代社会の秩序と仕組みを揺るがし、破壊しかねない、非合理で盲目的な動物の自由奔放な活力に、彼はひそかな共感と憧憬を抱いていたといえよう。

　最後に、これは仮説の域を出ないのであるが、ボードレールはこれらの動物のイメージに重ねて、地方からパリのような大都市にひたひたと押しよせ、台頭しつつあったプロレタリアートの姿をみていたのではないか？　また、猛獣はもちろん、特に寄生虫のような下等動物の不気味ではあるがダイナミックなうごめきに、社会の最下層を形成する人々やその枠外に生きる流浪の集団の影をかいまみていたのではないだろうか？

註

Abréviation　OC ： *Œuvres Complètes de Charles BAUDELAIRE*, Louis Conard.
　　　　　　　HE ： *Histoires Extraordinaires.*
　　　　　　　NHE ： *Nouvelles Histoires Extraordinaires.*
　　　　　　　FM ： *Les Fleurs du Mal.* （ローマ数字は再版〔1861〕における詩篇の番号）
　　　　　　　SP ： *Spleen de Paris (Petits poëmes en prose)*

1) Marcel PROUST, *Contre Sainte-Beuve*, Ed. de la Pléiade, 1971, p. 407. 保苅瑞穂『プルースト・印象と隠喩』、筑摩書房、1982、p. 52。なお、このボードレール観については、M. PROUST, *A propos de Baudelaire*, in *La Nouvelle Revue Française*, Juin 1921, p. 650 の次の文章を参照：《 Et, en tenant compte de la différence des temps, rien n'est si baudelairien que *Rhèdre*, rien n'est si digne de Racine, voire de Malherbe, que les *Fleurs du Mal*.》

2) *Contre Sainte-Beuve, op. cit.*, p. 406.
3) *Ibid.*, p. 407.
4) J.-P. RICHARD, *Profondeur de Baudelaire*, in *Poésie et Profondeur*, Seuil, 1955, p. 141. 『詩と深さ』有田忠郎訳、思潮社、1969、p. 158.
5) M. PROUST, *op. cit.*, p. 179. 『プルースト文芸評論』鈴木道彦訳編、筑摩叢書 244、p. 257.
6) G. POULET, *Qui était Baudelaire ?*, Albert Skira, 1969, p. 135.
7) *HE, in OC,* 1932, p. 18.
8) *Ibid.*, p. 15.
9) *Ibid.*, p. 18. ポーの原文では《 It is a by-street — very lonely. 》この by-street に対しボードレールが　rue borgne　としたのは興味ふかい。borgne には「片眼の；いかがわしい」の意味があるからだ。
10) *Ibid.*, p. 17.
11) *Ibid.*, p. 24.
12) J.-P. RICHARD, *op. cit.*, pp. 154-159. 既出（註・4)『詩と深さ』、pp. 173-178.（以下、註・15まで有田忠郎訳）
13) *Ibid.*, p. 156.
14) *Ibid.*
15) *Ibid.*
16) *HE, op. cit.*, p. 15. ポーの原文は《 The old lady was childish. 》この childish に対応するフランス語としては、まず enfantin があげられようが、ボードレールは en enfance を撰んでいる。また old lady を Bonne dame としたのは、被害者の無垢さを強調するためかもしれない。
17) J.-P. RICHARD, *op. cit.*, p. 156.

18) *HE, op. cit.*, p. 38. なお、オランウータンの凶器がカミソリであることも意味ふかい。この硬い、鋭い鋼鉄は、まさしく artificiel で stérile な輝きをもつ、近代の工業技術の産物であり、やわらかい生命に対して都市の否定的特質が冷たく凝集した尖端であるということができよう。
19) *Ibid.*, p. 37.
20) *Ibid.*, p. 38.
21) *Ibid.*, p. 40.
22) *Ibid.*, p. 36.
23) *Ibid.*, p. 34.
24) 邦訳では普通『ちんば蛙』で、語感はこの方が秀れているが、意味からいえば『ぴょん蛙』の方が正確である。ボードレールはタイトルに英語の原題を残し、《 Hop, sautiller, ― frog, grenouille 》の註をつけている。
25) *SP.* XXVII.
26) *NHE.*, in *OC.*, 1933, p. 140.
27) *Ibid.*
28) *Ibid.*, p. 141.
29) *Ibid.*
30) *Ibid.*, p. 142.
31) *Ibid.*, pp. 146-147.
32) *Ibid.*, p. 151.「ゆっくりと」leisurely に、ボードレールは tout à loisir をあてているが、この loisir(閑暇)は本来、王たちにこそふさわしい語であったはずである。
33) *FM*, II.
34) René GALAND, *Baudelaire ―Poétiques et poésie*, Nizet, 1969, p. 259.
35) *FM*, II.
36) *SP*, VII.
37) *FM*, I.
38) *Ibid.*
39) *Ibid.*
40) *Ibid.*
41) この agilité は、二つ後の無題の詩《 j'aime le souvenir de ces époques nues, 》の《 Alors l'homme et la femme en leur agilité 》へとうけつがれ、近代の病いに冒される以前の存在の生命力へのノスタルジーがこめられた語として重要であるが、『モルグ街』のオランウータン、『ぴょん蛙』の Hop-Frog を想起しておきたい。
42) *FM*, III.
43) *Ibid.*

44) *Un Voyage à Cythère, FM*, CXVI.
45) *Paysage, FM*, LXXXVI.
46) これにひきかえ、失墜以前のあほう鳥の状態については《 Lui, naguère si beau 》とあるだけで、精細な描写はなされていない。
47) 古田幸男訳『失われた範例：人間の自然性』、法政大学出版局、1975、p. 71。以下の引用は同訳による。
48) *Ibid.*, p. 76.
49) ボードレールによる仏語訳： *L'Homme des foules, NHE*, in *OC*, 1933. 引用はすべて同訳による。
50) Charles BAUDELAIRE, *Edgar Poe, Sa vie et ses œuvres, HE*, in *OC*, 1932, p. XXVIII.
51) Charles BAUDELAIRE, *Edgar Allan Poe, Sa vie et ses ouvrages*, in *OC*, 1939, pp. 279-280.
52) *NHE, op. cit.*, p. 62.
53) *Ibid.*
54) *Ibid.*
55) *Ibid.*
56) *Ibid.*, p. 63.
57) *Ibid.*, p. 64.
58) *FM*, XC.
59) *Ibid.*, XCI.
60) *SP*, XIII.
61) E. MORIN, *op. cit.*, pp. 80-81.
62) *SP*, XII.
63) *Ibid.*
64) *SP*, XIII.
65) *Ibid.*
66) Edgar POE, *op. cit.*, p. 66.
67) *FM*, 巻頭作品.
68) *Ibid.*
69) J.-D. HUBERT, *L'Esthétique des 《 Fleurs du Mal 》*, Pierre Cailler, 1953, pp. 109-110.
70) *FM, op. cit.*
71) *Ibid.*
72) J.-D. Hubert, *op. cit.*, p. 111.
73) *FM, op. cit.*
74) René GALAND, *Baudelaire — Poétiques et Poésie*, Nizet, 1969, p. 254.

75) 副題： Introduction à l'archétypologie générale, PUF, 1963.
76) いわゆる『黒い絵』Las Pinturas Negras（14枚、1820-23［？］）の一枚で、ゴヤ晩年の別荘「つんぼの家」Quinta del Sordo の壁に描かれていた。1873年、当時の別荘所有者デルランジェ男爵 Emile D'Erlanger がカンヴァスに移させ、1878年、パリ万国博でトロカデロ宮殿に展示、4年後にプラド美術館へ寄贈した。ボードレールはゴヤを高く評価していたが、1867年に亡くなっており、この作品は見ていない。

ボードレールと秘教思想
―動物磁気・E. レヴィ―

Abréviations

OC	: *Œuvres complètes*, Gallimard, Bibliothèque de la Pléiade, 2 vol. (I : 1975, II : 1976).
Cor	: *Correspondance*, Gallimard, Bibliothèque de la Pléiade, 2 vol., 1973.
FM	: *Les Fleurs du Mal* (Les chiffres romains renvoient à la 2e édition de 1861.)
SP	: *Petits Poëmes en prose* (*Le Spleen de Paris*)
MC	: *Mon Cœur mis à nu* (in *Journaux intimes*)
NFM	: *Nouvelles Fleurs du Mal*
HE	: *Histoires extraordinaires*
NHE	: *Nouvelles Histoires extraordinaires*
Ep	: *Les Epaves*
PA	: *Paradis artificiels*
Adam	: Antoine ADAM, *Les Fleurs du Mal*, Garnier Frères, 1979.
Lemaitre	: Henri LEMAITRE, *Petits Poèmes en prose* (*Le Spleen de Paris*), Garnier Frères, 1966.

Editions critiques

Les Fleurs du Mal, édition critique établie par J. CRÉPET et G. BLIN, José Corti, 1942 et 1950.

Les Fleurs du Mal, édition critique J. CRÉPET ― G. BLIN, refondue par G. BLIN et Cl. PICHOIS, J. Corti, 1968.

Petits Poëmes en Prose, édition critique par Robert KOPP, J. Corti, 1969.

Journaux intimes ― Fusées · Mon cœur mis à nu · Carnet ―, édition critique étabie par J. CRÉPET et G. BLIN, J. Corti, 1949.

I .

ルイ・ル・グラン中学の生徒だった17歳のボードレールが1838年6月（おそらく19日）、母親（1828年の再婚以来、オーピック夫人）に宛てた手紙には、「動物磁気説」magnétisme animal への強い関心が読みとれる。母親の知人エモン氏 M. ÉMON は動物磁気説を信じていないが、彼が訪ねてきたときこの説について話し合ったことが報告され、ついでボードレールの友人——おそらくルイ・メナール Louis MÉNARD (1822-1902) ——との会話が想起される。

> Cet élève m'a dit que quelques médecins de la Faculté croyaient au magnétisme, le connaissaient même à fond, et pourtant en avaient nié la puissance et les effets à cause des dangers, et des accidents qui pourraient survenir si cette science se répandait. [1]

このようにパリ大学医学部にもこの説を信じる医学者はあるが、彼らもまだ危険視しているとメナールに教えられる。だが動物磁気についての「実に異常で、驚異にみちた話」des histoires si extraordinaires, si merveilleuses [2] は、若いボードレールをすっかり魅了したらしい（これはおそらく、磁気による治療のめざましい効果についての話であろう）——「驚異的なことが大好きなぼくですが、信じてはいません。本当です。でもそれを笑いはしません」moi qui aime beaucoup le merveilleux, je ne crois pas, il est vrai, mais je n'en ris pas [3]。

続けて、嵐にかかわる逸話が語られる。これもボードレールの心を強く捉えたようである。

> Mme Olivier est venue pour me voir ; elle m'a comblé d'amitiés, de prévenances, d'offres de services ; jamais je ne l'avais vue si

bonne. Elle était en deuil ; son pauvre père vient de mourir, subitement, d'un coup d'apoplexie, pendant un orage ; les médecins disent que l'orage aura eu quelque influence sur sa mort.[4]

オリヴィェ夫人の父親は卒中の発作で急死したが、嵐がその死に影響しているのではないかという医師の仮説を、ボードレールが信じたかどうかは分からない。また嵐の要素のなかで、特に何が問題とされたのかも明らかではないが、おそらく雷鳴と稲妻の強力な作用が想定されたのではないか。しかしこの逸話は、手紙の文面からみて、動物磁気とのかかわりのなかで考えられてもよいと思われる。もちろん、ボードレールが磁気と電気を混同あるいは同一視したと言うのではない。彼は電気（雷の放電）に、磁気と同じような超常的で神秘的な働きを見ているのではなかろうか。

ここで興味ふかいのは、ボードレールが後に親交を結ぶことになるコンスタン師 l'abbé CONSTANT (Alphonse-Louis CONSTANT) (1810-1875) ことエリファス・レヴィ Eliphas LÉVI にとって、電気と磁気は宇宙の、眼には見えない根本物質を構成する神秘的な要素に他ならなかったことである。イヴ・ヴァデ Yves VADÉ の言葉を借りれば、レヴィは、「彼のいう普遍的作用体 agent universel を《電気・磁気エーテル》un éther électro-magnétique とか《磁気電気》l'électricité magnétique と好んで定義づけていた[5]」のである。この agent universel とは、メスマー Franz Anton MESMER (1734-1815) における「根本物質」matière première、あるいは「普遍的流体」fluide universel とみなすことができよう。

後年、『火箭』 *Fusées*, IX-15 に、彼は次のように書いている——「嵐が、電気と雷が惹きおこす精神的かつ肉体的よろこび——過ぎた昔の、くらい愛の思い出の早鐘」Jouissances spirituelles et physiques causées par l'orage, l'électricité et la foudre, tocsin des souvenirs amoureux, ténébreux, des anciennes années [6]。ここでは稲妻と雷鳴が、外の広大な空間だけでなく、我々の内面——その空間と時間の広がり——をも照らし出すことに注目しておきたい。

ところで、「嵐が惹きおこすよろこび」はなぜ「精神的」spirituelles なものである得るのか。それは、稲妻と雷鳴とが一瞬のうちに空と大地を照射し、共鳴させる——言いかえるなら天上の世界と地上の世界を結びつけるからであろう。ボードレールは嵐（雷雨）を単なる物理現象とはみなさず、原始人や子供のように、存在を揺るがす宇宙的な驚異として受けとめている。

嵐がこのように外的にも内的にも強大な影響力を及ぼすのであれば、それが人間の生涯の暗喩として用いられてもふしぎではない。「敵」 *L'Ennemi* (*FM*, X) の第一節は次のとおりである。

    Ma jeunesse ne fut qu'un ténébreux orage,
    Traversé çà et là par de brillants soleils ;
    Le tonnerre et la pluie ont fait un tel ravage,
    Qu'il reste en mon jardin bien peu de fruits vermeils.

単純に「青春時代」jeunesse が波乱に富んだものであった、などと解さないようにしよう。庭にわずかにしか残されていない「朱色の果実」fruits vermeils が、芸術家の労苦の成果、すなわち秀れた作品を意味するのは、詩人が嵐に精神的な影響力を認めているからである。

II.

「動物磁気説」magnétisme animal または「メスメリスム」mesmérisme についての言及は、周知のように『「催眠術の啓示」解題』Présentation de *Révélation magnétique* 〔E. A. ポーの原題は *Mesmeric*

Revelation〕に見られる。

D'autres, d'un genre mixte, cherchent à fondre ces deux systèmes dans une mystérieuse unité. Unité de l'animal, unité de fluide, unité de la matière première, toutes ces théories récentes sont quelquefois tombées par un accident singulier dans la tête des poètes, en même temps que dans les têtes savantes. [7]

ここには三種類の統一性、すなわち「動物の統一性」、「流体の統一性」、「根本物質の統一性」が挙げられている。最初の「動物の統一性」unité de l'animal については、阿部良雄の註を引いておく。サンティレール Etienne Jeoffroy Saint-HILAIRE (1772-1844) は博物学者で、「動物界にプランの統一性(ユニテ)(unité de plan de l'organisation animale) の存在することを説き、あらゆる脊椎動物の骨骼の間に見られる類似性(アナロジー)を指摘した（科学史技術史事典、ラルース百科）[8]」。これに続く「流体の統一性」unité de fluide と「根本物質の統一性」unité de la matière première は、双方とも動物磁気を指していると考えられる。レヴィの主著『高等魔術の教義と儀礼』には、次のような記述がある。

L'analogie est le dernier mot de la science et le premier mot de la foi.

L'harmonie est dans l'équilibre, et l'équilibre subsiste par l'analogie des contraires.

L'unité absolue, c'est la raison suprême et dernière des choses. Or cette raison ne peut être ni une personne ni trois personnes : C'est une raison, et c'est la raison par excellence. [9]

西川直子も言うように（『Alphonse-Louis CONSTANT、その詩論と詩人論 —Les Trois Harmonies を中心に—』10)）、天上の神と地上の万物との間に見出される類似性 analogie あるいは照応 correspondance こそ、レヴィが理想として希求する「調和」harmonie へと人間存在をみちびく基本理念である。相異なるものの類似性を発見するとき、信仰と理性、無限と有限、可視と不可視、天上と地上を結びつけ一つに融合させる「調和」、あるいは「統一」unité が生まれる。もっともレヴィは、多くのロマン主義作家達と同じように、これらの語を厳密には区別していない。

　ジャン＝ピエール・ボーン　J. -P. BOON 11)は、この「統一」に着目して、著名なソネット「照応」Correspondances (FM, IX) の第二連に現れる《くらく深い統一》une ténébreuse et profonde unité という表現に動物磁気説 mesmérisme の反響を認めている。

　さてレヴィは、その著『魔術の歴史』でスウェーデンボリ Emmanuel SWEDENBORG（1688-1772）をかなり辛辣に批判したあとで、メスマーを讃美する。彼はメスマーをヴォルテール、ディドロ、ダランベール、ルソーらよりも高く評価する——「メスマーはプロメテウスのように偉大で、人間に天の火を与えたが、それはフランクリンが〔避雷針によって〕方向を逸らすことしかできなかったものである 12)」。レヴィは電気と磁気を混同しているが、ごく大ざっぱに言えば磁気には磁荷は存在せず、運動する電荷が磁場を形成するのであるから問題とするには及ばない（事実、電場と磁場は互いに誘起し合って存在するので、電気のある所には常に磁気が生じている）。彼はメスマーの思想を、次のように述べる。

　　　Il reconnaît l'existence d'une matière première fluidique, universelle, capable de fixité et de mouvement, qui en se fixant, détermine la constitution des substances, et qui, se mouvant toujours, modifie et renouvelle les formes.

　　Cette matière fluidique est active et passive : comme passive elle s'attire elle-même, comme active elle se projette. [13]

　　ここにあらわれる「普遍的な、流体の根本物質」une matière première fluiique, universelle が、世界と、そのなかの森羅万象をつらぬいて、世界全体に一つの眼には見えない統一を与えている、とメスマーは考える。

　　Par elle les mondes et les êtres vivants qui peuplent les mondes, s'attirent et se repoussent ; elle passe des uns aux autres par une circulation comparable à celle du sang. [14]

　　ここでの elle とは matière première fluidique のことであり、それが「諸世界と諸世界を満たす生命存在」les mondes et les êtres vivants qui peuplent les mondes の間を「血液の循環」celle〔＝ circulation〕du sang のように巡るのである。天空も大地も、存在の外面も内面も含めた宇宙全体が、一つの有機体 être animé ; corps animé として受けとられている、とレヴィは解する──「根本物質の引力あるいは斥力によって均衡を保つ肉体の特質を、メスマーは「磁気」magnétisme と名付ける。そして、磁気は諸存在の特性にしたがって顕現するので、様々な有機体におけるそのあらわれ方を研究するとき、彼はそれを「動物磁気」magnétisme animal と名付ける」。

　　Cette propriété des corps de s'équilibrer les uns les autres par l'attraction ou la projection de la matière première, Mesmer la nomme magnétisme, et comme elle se spécifie suivant les spécialités des êtres, lorsqu'il en étudie les phénomènes dans les êtres animés, il la nomme magnétisme animal. [15)]

III.

　さて、上述の「動物の統一性」という言葉で思い出されるのが、ボードレールのコンスタンタン・ギース論『現代生活の画家』 *Le Peintre de la vie moderne* の「III・世界人、群集の人、そして子供である芸術家」 *L'Artiste, Homme du monde, Homme des foules et Enfant* の次の一行である——「そこで今や彼の魂は、服従における喜びの誇らしげな影像と、ただ一匹の動物のように行進するこの連隊の魂と、ともに生きるのだ！」 Et voilà que son âme vit avec l'âme de ce régiment qui marche comme un seul animal, fière image de la joie dans l'obéissance ! [16)]——明らかに兵士の集団がある有機的な統一性のもとに描かれている（「ただ一匹の動物」 un seul animal）。

　別の場合には、都市が一個の人間存在として捉えられる。「七人の老人」 *Les Sept Vieillards* （*FM*, XC）の第一節は次のとおりである。

　　　Fourmillante cité, pleine de rêves,
　　　Où le spectre en plein jour raccroche le passant !
　　　Les mystères partout coulent comme des sèves
　　　Dans les canaux étroits du colosse puissant.

　「逞しい巨人の体内の狭い水路を通り／神秘が隅ずみまで樹液のように流れる」——ここでは「樹液」sèves が血液、「水路」canaux は血管を暗示している。「蟻のように人間がうごめく都市」 fourmillante cité が、一個の統一ある生命体（「巨人」colosse）として描き出されていると言えよう。

　「通りすがりの女に」 *A une passante* （*FM*, XCIII）は、次のように始まる。

La rue assourdissante autour de moi hurlait.

「吠えていた」hurlait（← hurler : 吠える）という動詞から、街全体が動物として提示されているのは明らかである。また、第二節には「嵐」l'ouragan、第三節には「稲妻」Un éclair が登場する。

〔……〕
Moi, je buvais, crispé comme un extravagant,
Dans son œil, ciel livide où germe l'ouragan,
La douceur qui fascine et le plaisir qui tue.

Un éclair... puis la nuit ! — Fugitive beauté
Dont le regard m'a fait soudainement renaître,
Ne te verrai-je plus que dans l'éternité ?

ここで大切なのは、女の眼が「嵐の芽生える鉛色の空」ciel livide où germe l'ouragan という暗喩で描かれ（外界の「空」が眼に映っていたのかもしれない）、そこに「魅惑する甘美さと死に導く快楽」La douceur qui fascine et le plaisir qui tue を「私は飲んでいた」je buvais ことである。この動詞「飲む」boire（→ buvais）から、女の眼のなかの「甘美さ」と「快楽」が何らかの液体であるとみなすことは自然であろう。

この街を、ボードレールはいわば「動物化する」animaliser と同時に「帯電させる」électriser わけだが、その帯電体と化した場で起きる視線の交錯は、話者の生死を左右する「稲妻」éclair を生み出している。

この視線の交錯と滲透は、ほとんど性的な合一を暗示していると言える。なぜならこの行きずりの女の視線は、これに魅せられた者

を死に至らしめるような快楽と再生を与えるからである（「死に導く快楽」le plaisir qui tue、「その視線は私をすぐさま蘇らせた」Dont le regard m'a fait soudainement renaître）。ここで思い出されるのが「恋人たちの死」La Mort des amants（FM, CXXI）の第三節である。

　　神秘的な青と薔薇色でできたある夕べ
　　私たちはたった一つの稲妻を交わすだろう
　　別れの思いのこもる長いすすり泣きのように

　　Un soir fait de rose et de bleu mystique,
　　Nous échangerons un éclair unique,
　　Comme un long sanglot, tout chargé d'adieux ;

この「たった一つの稲妻」un éclair unique と「長いすすり泣き」un long sanglot は、性の交わりにともなう快楽と一時的な死を示すものと考えられる。事実、次の終節では「そのあと一人の〈天使〉が扉をかすかに開き／生き返らせに来るだろう——忠実に陽気に／つやの失せた二つの鏡と死んだ炎を」とうたわれるからである。

　さて「通りすがりの女に」における視線の交錯には、電流と動物磁気の普遍的流体 un fluide universel との同一視を認めることができよう。メスマーの『動物磁気の発見についての回想』[17] 中の「命題1」（「天体と地球と有機体のあいだには一つの相互作用が存在する」Il existe une influence mutuelle entre les corps célestes, la terre et les corps animés）、および「命題2」（「宇宙全体にゆきわたる流体、連続して空虚ひとつなく、たとえようもなく微細で、本性からして運動の全作用を受けとめ、拡げ、伝達することのできる流体は、この作用の手段（荷ない手）である」Un fluide universellement répandu, et continué de manière à ne souffrir aucun vide, dont la subtilité ne permet aucune comparaison, et qui, de sa nature, est susceptible de recevoir, propager et communiquer toutes les impressions du mouvement, est le moyen de cette influence）を考え合わせるなら、「通りすがりの女」の視線は、「天体と地球の有機体」を結ぶ「相互作用」を荷なう「流体」に他ならない。さらにこの視線（＝流体）を飲んだ「私（＝話者）」と「女（＝他者）」との束の間であるにせよ一体化によって、「私」も「天体」（ここでは「嵐の芽生える鉛色の空」）の作用に参入していると言えよう。

　この帯電現象に、ボードレールが強い関心を寄せつづけたことは確かである。『エドガー・アラン・ポー——その生涯と著作』*Edgar Allan Poe, sa vie et ses ouvrages* には、「ポーは〔…〕、彼の異様な作中人物たちに似ていて、彼らと同じように超自然的でガヴァルニ電気にかかった戦きで揺れうごく樹木や雲を描く」Poe〔...〕dessine des arbres et des nuages〔...〕qui ressemblent à ses étranges personnages, agités comme eux d'un frisson surnaturel et gavalnique [18] とある。『エドガー・ポー——その生涯と作品』*Edgar Poe, sa vie et ses œuvres* でも同じような表現がくり返される——「いわゆる生命なき自然が、生ける存在の天性を帯びて、彼らと同じように、超自然的でガヴァルニ電気にかかった戦きでふるえ戦く」La nature dite inanimée participe de la nature des êtres vivants, et, comme eux, frissonne d'un frisson surnaturel et gavalnique [19]。この文章の直前には「嵐」も出てくる——「エドガー・ポーは人物たちを、腐敗の燐光と嵐の香りが発現する紫がかり緑がかった背景の上で動きまわらせることを好む」Poe aime à agiter ses figures sur des fonds violâtres et verdâtres où se révèlent la phosphorescence de la pourriture et la senteur de l'orage [20]。

　「美への賛歌」*Hymne à la beauté*（*FM*, XXI）には、「お前（＝美）は雷雨をはらむ夕暮れのように香りをふりまく」Tu répands des parfums comme un soir orageux とある。ここでボードレールは、嵐

(雷雨)のもつ宇宙的で超自然的な要素を美の特質に加えている、と見てよい。

さて、ボードレールにおける都市の帯電化は、大てい群集のなかに見出される。そしてそこにはしばしば同時に、動物磁気の流体が認められる。メスマーは『回想』の「命題21」で、次のように述べている——「この学説は、火と光の本性について新しい解明をもたらすだろう——引力の理論、潮の干満、磁石と電気の理論におけると同じように」Ce système fournira de nouveaux éclaircissements sur la nature du feu et de la lumière. ainsi que dans la théorie de l'attraction, du flux et reflux, de l'aimant et de l'électricité [21]。彼は動物磁気の流体を磁力や電流と同一視してはいないが、三者の間に類似性を認めていることは明らかである。既にふれたように、エリファス・レヴィは三者を一つに結びつけて考えるが、ボードレールにも同じ傾向が窺える。

前出の『現代生活の画家』で、ボードレールはポーの『群集の人』*The Man of the Crowd* (*L'Homme des foules*〔ボードレール訳〕) を次のように紹介する——「最近、死の影から立ち帰った男 (=話者) は、生命のあらゆる萌芽とあらゆる発散物を歓喜とともに吸い込む」Revenu récemment des ombres de la mort, il aspire avec délices tous les germes et tous les effluves de la vie [22]。この「発散物」effluve (s) という語には、「動物磁気の(流体の)発散」effluve magnétique、「グロー放電」effluve électrique のように、メスメリスムや電気にかかわる意味もあることは注目に値する。ボードレールによって「群集の人」の名で呼ばれる画家コンスタンタン・ギース Constantin Guys (1802-90) ——「普遍的な生命を愛する彼は、電流の巨大な貯蔵器へのように群集のなかへ入ってゆく」[...] l'amoureux de la vie universelle entre dans la foule comme dans un immense réservoir d'électricité [23]——「群集」が「電流の巨大な貯蔵器」にたとえら

れているのは興味ふかい。こで用いられた「普遍的な生命」la vie universelle は、「普遍的な流体」un fluide universel の意にとれるのではないか。同じ語句が、少し先でくり返される――「彼（＝ギース）は〔…〕一言でいえば普遍的な生命を楽しむ」Il jouit〔...〕; en un mot, de la vie universelle [24]。また『1855年の万国博覧会――美術』 *Exposition universelle —1855— Beaux-Arts* には、「普遍的な生命力」la vitalité universelle [25] という類似の語句が見られる。

　小散文詩「群集」*Les Foules*（SP, XII)、に出てくる「普遍的な融合」cette universelle communion は、動物磁気に群集が浸されているが故に可能になる、と考えることもできるのではないか。

　ジャン・スタロバンスキーJean STAROBINSKI（1920-）によれば（「想像上の流体の歴史について――動物精気からリビドーへ――」*Sur l'histoire des fluides imaginaires (Des esprits animaux à la libido)*)、メスマーの考えは「人体組織の全体、その調和と無秩序を、それなくしては生命が存続しないような宇宙的流体の支配力の下に置くこと」〔...〕soumettre tout l'organisme humain, son harmonie et ses désordres, au pouvoir d'un fluide cosmique sans lequel la vie ne subsisterait pas [26] であった。そして、メスマーの「〔人間は〕流体の大海に沈んで〔いる〕」〔...〕plongé dans un océan de fluides [27] という言葉を引く。これはボードレールの『エドガー・アラン・ポー――その生涯と著書』の、次のような文章を想起させる――「《群集の人》は絶えず群集のただ中に身を沈める。彼は人間の大海を歓喜とともに泳いでゆく」*L'Homme des foules* se plonge sans cesse au sein de la foule ; il nage avec délices dans l'océan humain [28]。

Ⅳ.
　ここで再び都市の動物化について述べよう。このテーマは「通りすがりの女」の直前のソネット「盲人たち」*Les Aveugles*（FM, XCII)

にもあらわれる。

〔...〕O cité !
Pendant qu'autour de nous tu chantes, ris et beugles,

「〔…〕おお都市よ！／私たちの周りでお前が歌い　笑い　わめく間に」――「わめく」beugler はラテン語の buculus《 jeune bœuf》に由来する bugle からできた動詞で、「(牛などが)鳴く」の意。同様に「夕べの薄明」 Le Crépuscule du soir (SM, XCV) では、都市における「売春」la Prostitution が「蟻の巣」une fourmilière や「蛆虫」un ver にたとえられ、「劇場がきゃんきゃん鳴き　オーケストラがいびきをかく」Les théâtres glapir, les orchestres ronfler のが聞こえる。街じゅうの病人たちの苦痛の声は、第二節で総合的に「この唸り声」ce rugissement と捉えられる。glapir は「(兎・ハイタカ・子犬などが)短く鋭く鳴く」、rugir は「ライオン(時に虎や豹)が唸る」の意である。この rugissement は、「草稿」(1851-52) および『演劇週報』 Semaine théâtrale (1852年2月1日号) では「このわき立つ音」ce bouillonnement、『C. F. ドゥヌクール頌――フォンテーヌブロー――風景、伝説、回想、幻想』 Hommage à C. F. Denecourt ― Fontainebleau ― Paysages, Légendes, Souvenirs, Fantaisies (『フランス書誌』1855年6月2日号に登記) では「このぶんぶんいう音」ce bourdonnement (bourdonner は「マルハナ蜂」bourdon に由来する語) であったが、初版 (1857) 以降、rugissement という、より強烈な動物性を表す語に修正された。ここにも、都市の動物化への明確な意志が窺える。

小散文詩「老いぼれ大道芸人」 Le Vieux Saltimbanque (SP, XIV) では「それらの掛け小屋は〔…〕ぴいぴい鳴き、もうもう唸り、吠えていた」elles piaillaient, beuglaient, hurlaient と、パリでの祭日の見世物小屋の集落が、一つの動物園のように捉えられている。『悪の

花』の序詩「読者に」 *Au Lecteur* の第八節が思い出される。

  Mais parmi les chacals, les panthères, les lices,
  Les singes, les scorpions, les vautours, les serpents,
  Les monstres glapissants, hurlants, grognants, rampants,
  Dans la ménagerie infâme de nos vices,

「我々のおぞましい悪徳動物園のなかで／きいきい鳴き　吠え立て　唸り　這いまわる怪物ども」——この「動物園」は我々の外部と同様、内部にも存在するものとして提示されている。都市の動物化がそこに住む者の内部にまで及ぶのは、ボードレールの世界では自然なことである。「夕べの薄明」の場合、「夕暮れが共犯者のようにしのび足〔狼の足どり〕でやってくる」Il vient comme un complice, à pas de loup　パリの街では、「待ちきれない人間が野獣になり果てる」l'homme impatient se change en bête fauve　のである。

V.

ところでボードレールの詩世界では、女体がしばしば一つの風土あるいは風景と重ね合せて登場させられることは、よく知られている。「女巨人」*La Géante* (FM, XIX)、「美への讃歌」*Hymne à la beauté* (FM, XXI)、「異国の香り」*Parfum exotique* (FM, XXII)、「髪」*La Chevelure* (FM, XXIII) など、沢山の例が挙げられる。「旅への誘い」*L'Invitation au voyage* (FM, LIII) では、「君に似た国」(Au) pays qui te ressemble、「語らい」*Causerie* (FM, LV) では「あなたは美しい秋の空　明るくて薔薇色の」Vous êtes un beau ciel d'automne, clair et rose　とうたわれ、「かげった空」*Ciel brouillé* (FM, L) では「君は時おり似る　あれらの美しい地平に／霧ふかい季節の太陽が火をともす地平に／何と君は光りかがやくのか　うるんだ風景よ」と、広大

な風景全体が、一人の女性と同一視される。

> Tu ressembles parfois à ces beaux horizons
> Qu'allument les soleils des brumeuses saisons...
> Comme tu resplendis, paysage mouillé
> 〔...〕

　上に引いた《女性（の肉体）=（外部の）自然》のイメージのいずれにも、宗教的あるいはキリスト教的色彩は認められないが、我々はバルザック Honoré de BALZAC（1799-1850）の『従兄ポンス』 *Le Cousin Pons*（1847）の次のような表現を想起せざるを得ない。これはジャン・ポミエ Jean POMMIER がその著『ボードレールの神秘思想』に引用した箇所である──「スウェーデンの偉大な予言者スウェーデンボリは、大地は一個の人間である、と言っていた」〔...〕 Swedenborg, le grand prophète suédois, disait que la terre était un bomme [29]。

　ボードレール自身、バルザックを通してか、スウェーデンボリの著書に基づくのか分からないが、次のように述べている──「さらにスウェーデンボリは、はるかに大きな魂の持ち主であるが、すでに我々に《空は一個のとても偉大な人間である》と教えていた」D'ailleurs Swedenborg, qui possédait une âme bien plus grande nous avait déjà enseigné que *le ciel est un très grand homme* [30]。この表現に対応するのは、スウェーデンボリの『空とその驚異、そして地獄』の次の行である。「彼ら〔=天使たち〕は天空を《非常に偉大な人間》、《聖なる人》と呼ぶ」〔...〕 ils appellent le Ciel, *le très grand Homme et le Divin Homme* [31]。また章のタイトルにも次のようなものがある──「天空は全体としてみると一個の人間をあらわしている」Le Ciel considéré dans son tout représente un homme, 「天空を構成する全

てのものと人間を形成するものとの間には一つの照応の関係がある」Il y a un rapport de correspondance entre tout ce qui constitue le Ciel et ce qui compose l'homme。

　ボードレールが外部の自然と女性を、上述のように大胆に結びつけて描出できた契機の一つとして、スウェーデンボリと彼に学んだバルザックの発想が挙げられよう。

　ここで、《女性（の肉体）＝（外部の）自然》というボードレールの詩法についてまとめておきたい。ボードレールの場合、女性の肉体のなかでは眼の現れる頻度が最も高い。眼は空も天体も、大地の自然も人間も映すことのできる、一つの宇宙的規模の器官である。従ってそれは天上的・精神的世界と、地上的・動物的世界、言いかえるなら天国と地獄を同時に含むことができる。ボードレールにおける女性は一方で神的な高みに君臨して男性、ことに芸術家の決して満たされない渇仰の対象になる。(「美（の女神）」 La Beauté (FM, XVII)、「美への讃歌」Hymne à la beauté (FM, XXI)、「芸術家の死」La Mort des artistes (FM, CXXIII)、「道化師とヴィーナス」Le fou et la Vénus (SP, VII)。他方で女性は悪徳の化身に他ならない動物に等しい存在であり、彼女に魅された者たちを貪り、破滅に導く悪魔的存在である。(「祝福」Élévation (FM, I)、「美への讃歌」Hymne à la beauté (FM, XXI)、「おまえは全宇宙を自分の寝所に入れかねない」Tu mettrais l'univers entier dans ta ruelle (FM, XXV)、「サレド女ハ飽キ足ラズ」Sed non satiata (FM, XXVI)、「吸血鬼」Le Vampire (FM, XXXI)、「語らい」Causerie (FM, LV)、「忘却の河」Le Léthé (FM (1857), XXX)、「吸血鬼の変身」Les Métamorphoses du vampire (FM (1857), LXXXVII)。

　従って、たとえば女性の肉体が空と重ね合せて描出されるとき、あくまで地上的・動物的存在である女性が、天上の聖性と清澄さを与えられる。しかし同時に空の天上性は、地上の物質性、さらには

動物性や悪魔性をも付与されることになる。「美への讃歌」から第一・二節、第六・七（最終）節を引いておく。

　　お前は深い空から来たのか　深淵から出てきたのか
　　おお〈美〉よ？　地獄的でも神聖でもあるお前の眼差しは
　　善根と犯罪とをまぜ合せて注ぎかける
　　それゆえお前は葡萄酒に比することができる

　　お前は眼のなかに落日と曙を含む
　　お前は雷雨をはらむ夕暮れのように香りをふりまく
　　お前の口づけは媚薬　口はアンフォラ
　　英雄を卑怯に　子供を勇敢にする

　　Viens-tu du ciel profond ou sors-tu de l'abîme,
　　O Beauté ? ton regard, infernal et divin,
　　Verse confusément le bienfait et le crime,
　　Et l'on peut pour cela te comparer au vin.

　　Tu contiens dans ton œil le couchant et l'aurore ;
　　Tu répands des parfums comme un soir orageux ;
　　Tes baisers sont un philtre et ta bouche une amphore
　　Qui font le héros lâche et l'enfant courageux.

　　[...]

　　Que tu viennes du ciel ou de l'enfer, qu'importe,
　　O Beauté ! monstre énorme, effrayant, ingénu !
　　Si ton œil, ton souris, ton pied, m'ouvrent la porte

D'un Infini que j'aime et n'ai jamais connu ?

De Satan ou de Dieu, qu'importe ? Ange ou Sirène,
Qu'importe, si tu rends, — fée aux yeux de velours,
Rythme, parfum, lueur, ô mon unique reine ! —
L'univers moins hideux et les instants moins lourds ?

　第六節には「もしお前の眼　お前の微笑　お前の足が私に扉を開いてくれるなら／私が愛し　私がついぞ知らなかった無限の扉を」、第七節には「もしお前が—ビロードの眼の妖精よ／リズムよ　香りよ　微光よ　おお私の唯一の女王よ！—／宇宙の醜さを減じ　瞬間瞬間の重圧を減じるなら」とある。このように、宇宙全体に等しく拡大された「美（の女神）＝美女」の肉体のなかでも特に「眼」は、単なる器官であることをやめて一つの肉体全体に匹敵する大きな役割を果たす。「旅への誘い」第一節の後半は次のとおりである。

　　あの曇った空の
　　湿った太陽が
　私の心を魅惑でとらえる
　　お前の裏切りの眼の
　　実に神秘的な魅惑で
　涙を透かして輝きながら

　　　Les soleils mouillés
　　　De ces ciels brouillés
　　Pour mon esprit ont les charmes
　　　Si mystérieux
　　　De tes traîtres yeux,

　　　　Brillant à travers leurs larmes.

　「涙」と「曇り空」、「湿った太陽」の輝きと「涙」に濡れた「眼」の光とが同一視されている。ここで愛する女性の存在は外界の大自然と同等に拡大されるが、同時にその外界は一人の女性の姿態に縮小されている、と言えよう。これは「眼」と「太陽」の間にも成り立つ詩法である。

VI.

　ボードレールの詩世界では、眼が存在全体に等しい広がりと重要性を荷なわされていることが明らかになったが、「生命ある松明」 Le Flambeau vivant（FM, XLIII）では、「眼」が一個の人間のように歩行する。このソネットの全行は次のとおりである。

　　彼らは私の前を歩む、これら光にみちた〈眼〉たちは、
　　おそらく博識きわまりない〈天使〉により磁力を授けられて。
　　彼らは歩む、私の兄弟であるこれらの神々しい兄弟は、
　　私の眼のうちに彼らの金剛石の火をふり立てつつ。

　　あらゆる罠から、あらゆる重い罪から私を救いつつ、
　　彼らは私の歩みを〈美〉の道へとみちびく。
　　彼らは私の下僕、そして私は彼らの奴隷。
　　私の存在のすべては、この生命ある松明に従う。

　　愛らしい〈眼〉たちよ、御身らの放つ神秘な光は、
　　昼日なか燃える蝋燭たちと同じ光。太陽も、
　　赤く燃えさかりつつ、それらの蝋燭の幻想的な焔を、消しはしない。

蝋燭たちは〈死〉を讃え、御身らは〈目覚め〉を歌う。
御身らは私の魂の目覚めを歌いつつ歩む、
いかなる太陽もその焔を損うこと能わぬ天体よ！

(阿部良雄訳)

Ils marchent devant moi, ces Yeux pleins de lumières,
Qu'un Ange très savant a sans doute aimantés ;
Ils marchent, ces divins frères qui sont mes frères,
Secouant dans mes yeux leurs feux diamantés.

Me sauvant de tout piège et de tout péché grave,
Ils conduisent mes pas dans la route du Beau ;
Ils sont mes serviteurs et je suis leur esclave ;
Tout mon être obéit à ce vivant flambeau.

Charmants Yeux, vous brillez de la clarté mystique
Qu'ont les cierges brûlant en plein jour ; le soleil
Rougit, mais n'éteint pas leur flamme fantastique ;

Ils célèbrent la Mort, vous chantez le Réveil ;
Vous marchez en chantant le réveil de mon âme,
Astres dont nul soleil ne peut flétrir la flamme !

　ここで問題としたいのは、第一節の「おそらく博識きわまりない〈天使〉により磁力を授けられて」の一行である。「天使」と「磁力」の組み合せは、後にふれる「貧しい人々の死」*La Mort des pauvres* (*FM*, CXXII) にも現れる。この「磁力を授ける」aimanter を動物磁気と結びつけて考えると、天体の作用は「普遍的な流体」fluide universel によって地球と人体にも及んでいるのであるから、天上の存在に他ならない天使がその作用に介在しても不思議はない。こうして磁力（ここでは動物磁気）を帯びた眼が「神々しい兄弟」ces divins frères と呼ばれるのは自然なことと言える。また「松明」にたとえられた眼が「生命ある」vivant と形容されるのも、この眼が宇宙的なスケールでの「生命とその奇蹟の普遍的作用体」l'agent universel de la vie et de ses prodiges [32)] としての「普遍的な流体の根本物質」une matière fluidique, universelle [33)] に浸透されているのであるから当然と言える。そして、この「生命ある松明」としての「眼」の輝きが神秘的であり（《 la clarté mystique 》）、「いかなる太陽もその焔を損うこと能わぬ天体よ！」Astres dont nul soleil ne peut flétrir la flamme！ とうたわれることに頷かざるを得ない。

　なお、第三節の呼びかけ「愛らしい〈眼〉たちよ」Charmants Yeux の charmant を、単に「愛らしい」というより、もっと強い魔術的な意味で「魅了する」enchanteur ; ensorceleur と取ることも許されよう。「天使」の手で aimanté ; magnétisé された「眼」が、今や話者（＝「私」）も含め彼らを見る者たちを aimanter ; magnétiser する存在になり、更には他の天体（ここでは「太陽」）にまで作用を及ぼす天体に変貌しているのである。

　「貧しい人々の死」La Mort des pauvres（FM, CXXII）にも、磁力をもつ天使が登場する。このソネットは次のとおりである。

　　　慰めてくれるのは〈死〉、ああ！ 生きさせてくれるのも。
　　　それこそは人生の標的、またそれこそは唯一の希望、
　　　霊薬さながら、われわれを元気づけ、われわれを酔わせては、
　　　日が暮れるまで歩き続ける勇気を与えてくれる。

　　　暴風雨を、はた雪を、はた樹氷を貫いて、かなた、

それは、われわれの黒い地平に顫える光。
それは、書物の上に記された、名高い旅籠屋、
ついに、食べて、眠って、坐ることのできるところ。

それはひとりの〈天使〉、磁気にみちたその指の中に、
睡眠(ねむり)を、また、恍惚をもたらす夢の贈り物をたくわえて、
貧しい裸の人々には、寝床をきちんと作ってもくれる。

それは神々の栄光、それは神秘な穀物倉、
貧しい者の財布でもあり、その古い祖国でもある。
それは、未知の〈天の国〉へとひらかれた柱廊！

(阿部良雄訳)

C'est la Mort qui console, hélas ! et qui fait vivre ;
C'est le but de la vie, et c'est le seul espoir
Qui, comme un élixir, nous monte et nous enivre,
Et nous donne le cœur de marcher jusqu'au soir ;

A travers la tempête, et la neige, et le givre,
C'est la clarté vibrante à notre horizon noir ;
C'est l'auberge fameuse inscrite sur le livre,
Où l'on pourra manger, et dormir, et s'asseoir ;

C'est un Ange qui tient dans ses doigts magnétiques
Le sommeil et le don des rêves extatiques,
Et qui refait le lit des gens pauvres et nus ;

C'est la gloire des Dieux, c'est le grenier mystique,

C'est la bourse du pauvre et sa patrie antique,
　　　C'est le portique ouvert sur les Cieux inconnus !

　「我々の黒い地平」notre horizon noir と捉えられた苦難の生にとっては慰めてくれるもの（qui console）、生きる目標（but）で唯一の希望（espoir）でもある、と逆説的に提示される〈死〉la Mort が、第三節では「ひとりの〈天使〉」の姿をとって現れる。その天使は「磁気にみちた指」doigts magnétiques をもっている。この magnétiques は、「（動物磁気による）催眠術を施す」と受け取ることもできる。それが貧しい者にもたらす効果は、「睡眠（ねむり）」le sommeil と「恍惚の夢」rêves extatiques である。その〈天使〉（＝死）は、貧しい者が悲惨な生涯の果てにやっと辿りつく「旅籠屋」（『ルカによる福音書』10-34の「宿屋」か[34]）の主人であり、彼らのために「寝床をきちんと作ってもくれる」qui refait le lit──つまり安らかな眠り（＝永生）を確保してくれる救済者であり、彼らを現世での苦患から解放してくれる治癒者でもある。
　これは先にふれた「生命（いのち）ある松明」についても言えることである。「博識きわまりない〈天使〉」から磁力を授けられたと思われる眼が、「私」を現世の苦難から救ってくれる。

　　　あらゆる罠から、あらゆる重い罪から私を救いつつ、
　　　彼らは私の歩みを〈美〉の道へとみちびく。

　　　Me sauvant de tout piège et de tout péché grave,
　　　Ils conduisent mes pas dans la route du Beau ;

　この磁力を帯びた眼は、終節で「〈眼覚め〉」を祝福するが、これはどのような「〈眼覚め〉」であろうか。

蠟燭たちは〈死〉を讃え、御身らは〈目覚め〉を歌う。
御身らは私の魂の目覚めを歌いつつ歩む。

Ils célèbrent la Mort, vous chantez le Réveil ;
Vous marchez en chantant le réveil de mon âme,

「眼覚め」le réveil がこのように内面的な意味で用いられている例は、『悪の花』の他の作品にも『小散文詩』にも見当たらない。従って、この作品自体からこの語の意味を探らねばならない。最初の大文字で始まる「〈眼覚め〉」は、人間全体に普遍的で、しかも蠟燭が讃える「〈死〉」と対立するものと考えられる。とすればこれは、死すべき者に永遠の生を約束する神の国を信ずることへの覚醒を指しているのであろう。次の行の「私の魂の眼覚め」は、宗教的な意味での現世の苦難からの解放(「あらゆる罠から、あらゆる重い罪から私を救いつつ」)だけでなく、「私」の芸術への開眼をも指しているといえよう(「彼らは私の歩みを〈美〉の道へとみちびく」)。

Ⅶ.

「生命ある松明」と「貧しい人々の死」の二作品を「(動物)磁気」の視点から考察したが、『悪の花』所収の三篇の「猫」と題された作品の一つに「磁石」が登場する。二部からなるこの「猫」Le Chat (FM, LI) のⅠで、「猫」はすでに「天使」のように動物性から遠い、神秘的な存在として描かれている。

〔…〕神秘な猫
セラフィムのような猫　変わった猫よ
お前のなかでは全てが　天使のなかでのように
繊細で調和がとれている!

〔...〕chat mystérieux,
Chat séraphique, chat étrange,
En qui tout est, comme en un ange,
Aussi subtil qu'harmonieux !

そして、Ⅱの二節で「〔猫は〕妖精だろうか　神だろうか？」Peut-être est-il fée, est-il dieu ? と問われたあと、三節では次のように表現される。

　私の眼が　この愛する猫の方へ
　磁石にひき寄せられるように
　おとなしくふり向くとき
　そして私自身のなかをみつめるとき

Quand mes yeux, vers ce chat que j'aime
Tirés comme par un aimant,
Se retournent docilement
Et que je regarde en moi-même,

このように猫が、磁石と同じ吸引力に恵まれた存在として提示されている。別の「猫」*Le Chat* (*FM*, XXXIV) では、女性と同一視されるこの動物は電気を帯びている。

　私の指がゆっくりとお前の頭と
　　　しなやかな背中を撫でるとき
　そして私の手がお前の電気を帯びた身体にさわる
　　　快さに酔いしれるとき

> Lorsque mes doigts caressent à loisir
> Ta tête et ton dos élastique,
> Et que ma main s'enivre du plaisir
> De palper ton corps électrique,

「私は心のなかに妻を見る」Je vois ma femme en esprit が、その妻の視線は、ここでは猫の視線と同一視される。このように動物の肉体と「私」の肉体を融合させる媒介が、電気であるのは興味ふかい。猫にいわば感電させられた「私」の存在の内部で、妻と猫とが分ちがたく結びつく。

先に引用した作品（*FM*, LI）では磁石のように「私」をひき寄せた猫が、今や「私」の内部に入りこみ、そこから「私」を「ひたとみつめる」Qui me contemplent fixement のである。この猫は、「私」の外部と内部のいずれに存在するのか、判らなくなる。ここで直喩として用いられた磁石を、安易に動物磁気と結びつけて考えることはできない。だが、上述の電気にしても、この磁石にしても、「私」と他者（ここでは猫〔＝女性〕）の合一、あるいは「私」の外部と内部の融合をもたらす神秘的な力として提示されていることは確かである。

ところで、二つの「猫」（*FM*, XXXIV、およびLI）における「私」と猫との合一は、あくまで地上的・水平的なもので、空間的な広がりにも乏しい。ただし前者（XXXIV）では、「お前の美しい眼のなかに私を沈めさせておくれ」(Et) laisse-moi plonger dans tes beaux yeux [35] の plonger（沈む、飛びこむ）という運動に、わずかに垂直的な深みが認められる。また後者（LI）では、「セラフィム（熾天使）のような」séraphique という付加形容詞と「天使」ange という比喩に、天上と地上を距てる垂直的な広がりをかいまみるにすぎない。

しかし三つ目の「猫たち」Les Chats (*FM*, LXVI) の場合、第三節

で砂漠に寝そべるスフィンクスたちに結びつけられた猫族が、続く終節で一気に宇宙規模の広がりを獲得する。

　　彼らの多産な腰は魔法の火花で満ちあふれる
　　　そして黄金のかけらが　細かい砂のように
　　茫漠と彼らの神秘的な瞳に星をちりばめる

　　Leurs reins féconds sont pleins d'étincelles magiques,
　　Et des parcelles d'or ainsi qu'un sable fin,
　　Étoilent vaguement leurs prunelles mystiques.

「多産な」fécond (s) は「生殖力の旺盛な」prolifique の意。その「腰」にきらめく「魔法の火花」とは、生命力の横溢と同時に「電気花火、スパーク」étincelle électrique も指すと言えよう。とすれば猫たちの肉体全体はもとより、その交尾の相手の猫たち、さらには生まれてくる子孫たちも帯電するとみなせよう。そうした豊饒な生命力を秘めた猫族の眼のなかに、光る砂漠ときらめく星空で形作られる広大な空間が縮小・包含される。同時に猫族の眼のみならず存在全体が、宇宙空間を包みこむまで限りなく膨張する。この場合、宇宙空間も帯電させられるはずである。無辺際の天空と小さな猫たちとのこのような相互滲透による融合は、猫たちの肉体から発する電気の作用なしには起こらないのではなかろうか。少なくともボードレールはそう考えたのではあるまいか。
　この tercet（三行詩）においては、《（電気の）火花⇄黄金の小片⇄細かい砂⇄星くず⇄瞳のきらめき》という類推関係（analogie）が成り立つ。ボードレールは電流を、この関係をつらぬく普遍的流体、すなわち動物磁気と同じような作用——天体と地球と有機体のあいだに一つの統一をもたらす相互作用を果す根本物質とみなして

いるように思われる。

註

1) *Cor*, I, p. 54.
2) *Ibid.*
3) *Ibid.*
4) *Ibid.*, p. 54-55.
5) Yves VADÉ, *L'Enchantement littéraire*, Gallimard, 1990, p. 315.
6) *OC*, I, p. 657.
7) *OC*, II, p. 248.
8) 阿部良雄訳『ボードレール全集Ⅱ・文芸批評』、筑摩書房、1984、p. 448.
9) Eliphas LÉVI, *Dogme et Rituel de la haute magie* (1856), Niclaus-Bussière, 1971, p. 171.
10) 『フランス語フランス文学研究』No. 33、白水社、1978、p. 61.
11) Jean-Pierre BOON, *Baudelaire*, Correspondance *et le magnétisme animal*, PMLA, LXXXVI, No. 3, 1971.
12) E. LÉVI, *Histoire de la magie* (1859), Guy Trédaniel, 1986, p. 416.
13) *Ibid.*, p. 414.
14) *Ibid.*
15) *Ibid.*, p. 415.
16) *OC*, II, p. 693.
17) Franz Anton MESMER, *Mémoire sur la découverte du magnétisme animal*, Genève, 1779.
18) *OC*, II, p. 284.
19) *Ibid.*, p. 318.
20) *Ibid.*, p. 317-318.
21) F. A. MESMER, *op, cit.*
22) *OC*, II, p. 690.
23) *Ibid.*, p. 690.
24) *Ibid.*, p. 692-693.
25) *Ibid.*, p. 577.
26) Jean STAROBINSKI, *L'œil vivant II-La relation critique*, nrf, 1970, p. 202.
27) *Ibid.*
28) *OC*, II, p. 277.

29) Jean POMMIER, *La Mystique de Baudelaire* (1932), Slatkine Reprints, 1967, p. 29.
30) *OC*, II, p. 135.
31) Emmanuel SWEDENBORG, *Le Ciel et ses merveilles et l'Enfer* (1758), Paris, 1973, p. 49.
32) E. LÉVI, *op. cit.*, p. 414. Cf. notre note 12.
33) *Ibid.*
34) *Evangile selon Luc*, 10-34 : 《 *Il [= un Samaritain] s'approcha et banda ses plaies, en y versant de l'huile et du vin ; puis il le plaça sur sa propre monture, le conduisit à une hôtellerie et prit soin de lui* 》. なお「旅籠屋」 auberge は、「取り返しのつかぬもの」 *L'Irréparable* (*FM*, LIV) にも登場する。
35) Cf. *Semper eadem* (*FM*, XL) :
　　Laissez, laissez mon cœur s'enivrer d'un *mensonge*,
　　Plonger dans vos beaux yeux comme dans un beau songe,
　　Et sommeiller longtemps à l'ombre de vos cils !

ボードレールにおける眼の風景
―序説:「両の眼に映った」から「両の眼を閉じて」まで―

Abréviations

OC	: *Œuvres complètes*, Gallimard, Bibliothèque de la Pléiade, 2 vol. (I : 1975, II : 1976).
Cor	: *Correspondance*, Gallimard, Bibliothèque de la Pléiade, 2 vol., 1973.
FM	: *Les Fleurs du Mal* (Les chiffres romains renvoient à la 2e édition de 1861.)
SP	: *Petits Poëmes en prose* (*Le Spleen de Paris*)
MC	: *Mon Cœur mis à nu* (in *Journaux intimes*)
NFM	: *Nouvelles Fleurs du Mal*
HE	: *Histoires extraordinaires*
NHE	: *Nouvelles Histoires extraordinaires*
Ep	: *Les Epaves*
PA	: *Paradis artificiels*
Adam	: Antoine ADAM, *Les Fleurs du Mal*, Garnier Frères, 1979.
Lemaitre	: Henri LEMAITRE, *Petits Poèmes en prose* (*Le Spleen de Paris*), Garnier Frères, 1966.

Editions critiques

Les Fleurs du Mal, édition critique établie par J. CRÉPET et G. BLIN, José Corti, 1942 et 1950.

Les Fleurs du Mal, édition critique J. CRÉPET — G. BLIN, refondue par G. BLIN et Cl. PICHOIS, J. Corti, 1968.

Petits Poëmes en Prose, édition critique par Robert KOPP, J. Corti, 1969.

Journaux intimes — Fusées · Mon cœur mis à nu · Carnet —, édition critique étabie par J. CRÉPET et G. BLIN, J. Corti, 1949.

はじめに

19世紀フランスの象徴派の詩人マラルメ Stéphane〔戸籍名：Étienne〕MALLARMÉ（1842-98）の作品「海の微風」 *Brise Marine* に、次の一行がある。

　何にも　両の眼に映った古い庭々も
　Rien, ni les vieux jardins reflétés par les yeux

安藤元雄はこの複数形の「古い庭々」les vieux jardins に注目して、「二つの目に二つに映る古い庭 [1)]」と訳しており、「眼に映る」対象の庭が複数あるのはおかしい、一つの庭のはずだ、と考えているようであるが、そこまでこだわる必要はあるまい。詩人（ここでの話者（＝私 je）は詩人自身とみなすことができる。これについては後に言及する）の見ている庭は沢山ある、と素直に受けとればよい（これについても、後で詳述する）。

　この一行は、おそらくボードレール Charles-Pierre BAUDELAIRE（1821-67）のソネット「前世」*La Vie antérieure*（*FM*, XII）からもらったものではないかと思われる。そもそも、「海の微風」はその全体にわたって、テーマから詩句まで、ボードレールの詩からの影響がきわめて顕著な作品であるのだが、「前世」の一行は次のとおりである。

　私の両の眼に映った落日の色彩に
　Aux couleurs du couchant reflété par mes yeux.

この作品での「私の」という所有形容詞に対して、マラルメは定

冠詞 les を用いている。この違いも大きな問題を含んでいると考えられるが、いずれにしろ、「眼に映った」という表現はごくありふれたもので、特にボードレールに由来するとはいえないのではないかという考えも成り立つ。しかし、前にも述べたように、この「出発」départ ; partir を主題とする、海の光景に満ちた作品は、ボードレールの一連の海洋詩篇にに多くを負っていることは明らかであり、マラルメの頭に「前世」の一行がなかったとは考えにくいのである。一例をあげるなら、「海の微風」の終行——

　　しかし　おお私の心よ　聞くのだ船乗りたちの歌を！
　　Mais, ô mon cœur, entends le chant des matelots !

は、ボードレールの「異邦の香り」 *Parfum exotique* （*FM*, XXII）の終行に照応すると思われる。

　　私の魂のなかで水夫たちの歌に溶け入る
　　Se mêle dans mon âme au chant des mariniers.

　こうした影響については多くの評者が指摘している。ここでは『マラルメ全集』（プレイヤード叢書）MALLARMÉ, *Œuvres Complètes : Poésie-Prose* (Bibliothèque de la Pléiade, nrf, 1965. 以下、*OCM* と略す）の註から引いておく。

　　この詩はたぶんにボードレールの「異邦の香り」の反歌である。両者を結びつけるのは単にノスタルジックな展開全体だけでなく、《異邦の自然》 l'exotique nature（l' は une が正しい〔筆者〕）と終行の《船乗りたちの歌》 le chant des matelots であり、後者はボードレールのソネットの

私の魂のなかで水夫たちの歌に溶け入る
　に呼応している。²⁾

　更にいえるのは、この詩には『悪の花』の中の「前世」（既出）と「髪」La Chevelure（*FM*, XXIII）、また「読者に」Au Lecteur（*FM*, Poème-préface）と「シテール島への旅」Un Voyage à Cythère（*FM*, CXVI）、とりわけ「旅」Le Voyage（*FM*, CXXVI）など、他の作品からの反響も見られることである。

I.「両の眼に映った」（ボードレール）

　ボードレールはソネット「前世」の第二節の終行で、なぜわざわざ「私の両の眼に映った」という語句を付け加えたのか。

　　海のうねりは大空の姿を転がしながら
　　おごそかな神秘的な調子でまぜ合わせていた
　　その豊饒な音楽の全能の協和音を
　　私の両の眼に映った落日の色彩に

　　Les houles, en roulant les images des cieux,
　　Mêlaient d'une façon solennelle et mystique
　　Les tout-puissants accords de leurs riche musique
　　Aux couleurs du couchant reflété par mes yeux.

　第一節は次のとおりである。

　　私は長いこと宏壮な柱廊のもとに住んだ
　　海の太陽が数かぎりない火炎で染め
　　大列柱が垂直に壮麗にそびえるは柱廊は

夕べには　さながら玄武岩の洞窟だった

J'ai longtemps habité sous de vastes portiques
Que les soleils marins teignaient de mille feux,
Et que leurs grands piliers, droits et majestueux,
Rendaient pareils, le soir, aux grottes basaltiques.

　この作品のピタゴラス風の輪廻転生思想や、海洋のエキゾチックで色彩・音響ともに雄大かつ豊饒な描写には、ネルヴァル（『火の娘』）、マクシム・デュ・カン、ユゴー、ゴーティエ（『モーパン嬢』）らの影響が指摘されているが、ボードレール自身のインド洋航海の間に見た風物の思い出も混合されているに違いない。彼はこの家族により強制された南洋旅行（1841.9～42.3）になじめず、予定より早々と帰仏することになるが、この時はじめて眼にした強烈な光と色、ヨーロッパ人にとって未知の音響や香りの記憶が、彼の作品に刻印されているのは確かである（「前世」の制作は1854～55年頃と推定される）。
　さて、上述のように「前世」の一節全体と二節の初行には視覚的なイマージュが展開していることは明らかである。にもかかわらず詩人が「私の両の眼に映った（落日）」と、ことさらに限定した理由はいくつかあげることができる。そしてそこには、ボードレールがそれを意識していたか否かにかかわらず、当時のヨーロッパの知性と感性が直面する重要な問題が提起されていると思われるのである。
　この主体の眼の、対象の光景への介入、あるいは嵌込みは、まず広大な宇宙を小さな肉眼に収めることに他ならない。熱帯の自然の圧倒的な輝きと強大な運動を、西欧の理性の働きを根源的に支え、担ってきた眼が統御しようとしているかにみえる。広大無辺な外界が、それを映す（つまり見ている）眼に収斂すること、この縮小運

動に、理性の主要な武器としての眼による外界支配への主体の欲望を読みとることができる。

　しかし、この運動は同時に、主体の小さな眼の遠心的な膨張作用を含んでいる。この作品の第二節において、眼は圧倒的な拡大の運動に辛うじて抗しているかのようである。なぜならここでの前述したような宇宙規模のダイナミックな光景は、人間の知覚能力を凌駕するものであるからだ。すなわち、「おごそかな神秘的な調子で」d'une façon solennelle et mystique における神秘の力、また「強大きわまりない協和音」Les tout-puissants accords における tout-puissants には宗教的な「全能の」の意味もあり、神の存在を暗示している。また第一節で、「宏壮な」vastes、「数かぎりない」mille（∶千の）、「大きな」grands、「壮麗に」majestueux といった広大かつ神秘的な情景を表す最大級の形容があり、二節の「天空」cieux は神の王座を暗示していることにも注目せねばならない。ただし、このような膨張・拡大の運動が、ここでは無秩序に拡散してゆき、見る主体の存在を破壊する、その一歩手前で制御されている。それは大海原の音響を「音楽」musique の「協和音」accords（∶harmonie）ととらえているからであり、また、ここでボードレールは「万物照応」correspondances の詩学に基づいて、音（accords）と色（couleurs）を合一させているからである。

　もう一つ、この眼の介入について指摘したい側面がある。ここでの「私の眼」は、そこまでに描かれた情景を「見る」と同時に提示（＝描写）する視線であるが、一方でそれは情景を形成する要素、すなわち大自然の一部として、作者自身（ひいては我々読者）によって「見られる」対象となっているのである。「私」という眼は、作品に表出された空間を「見る」主体であると同時に、その空間に嵌めこまれ、「見られる」容体でもある。言いかえるなら、「私の眼」は、「私」という話者を機能させる作者自身によって操作されてい

る、あるいは支配されていると考えられる。

　作品の展開に沿ってもっと精細に考察すれば、第二節の終行で「私の眼に映る」reflété par mes yeux が現れるまでは、情景全体が隠された主体（すなわち「私」je）の視線によって浸透されていたが、この「私の眼」の介入によって、一つであった「私」の視線が主体としてのそれと客体としてのそれに分離し始めるのである。多木浩二の言う《「眼」の外化[3]》により、《「眼」が世界の側に移されて、見る主体の中心が消え、自己を解体する可能性[4]》が、そこにきざしていると考えられる。こうした19世紀の視覚の変容について、さらに多木の言葉を引いてみよう。

　　つまりもはやある一定の「眼」（ルネッサンスの遠近法のような眼）がすべてをつらぬいて人間にとっての世界を構成していくようなことはなくなり、相反するような、そして同時に相補うような視線が、複雑に織りあげていく近代社会の空間があらわれていたのである。[5]

　このような変容が、マラルメの詩世界にもみられるかどうかを、「海の微風」に戻って検討してみよう。

II.「両の眼に映った」（マラルメ）

　ボードレールの「前世」における「両の眼」には、「私の」mes という所有形容詞が付いていることは既に述べた。ここには、明らかに「私」という主体の、対象の光景を支配しようとする欲求が読みとれる。では「海の微風」の、定冠詞 les の付いた「両の眼」は誰のもので、どのような働きを担わされているのか。

　この「眼」は、まず、詩に登場する「私」と「若い女」、さらに「彼女の子供」——この三者の眼を指すと考えられる。つぎに、こ

れは総称としての眼、つまり人間一般の眼でもあろう。とすればここでの「古い庭々」とは、窓外の現実の庭だけでなく、古来人間が見てきた庭、さらには絵画や写真などで眼にした庭をも指すと考えられよう。
　ここで注目したいのは、次の一行である。

　　そして子供に乳を呑ませている若い女も
　　Et ni la jeune femme allaitant son enfant.

　安藤訳は「若い女[6]」、渋沢孝輔訳は「若い妻[7]」であるが、所有形容詞「私の」ma ではなく、定冠詞 la が用いられていることは重要である。むろんこの女性は、「海の微風」制作の前年（1864年）、長女ジュヌヴィエーヴを生んだばかりのマラルメの妻を指すともとれるが、ここに「授乳の聖母子」のテーマを読みとることも許されよう。つまり、私的な情景を人間共通のテーマとして普遍化する意図が窺えるのである。そのように考えると、「古い庭々」は、聖母子とともにしばしば描かれる庭を暗示すると思われる（「庭」はキリスト教図像学では聖母マリアの処女性を表すとされている）。
　しかし、ここで大切なのは、これらの「庭々」も「子供に乳を呑ませている若い女」も、否定の対象になっていることである。

　　何にも　両の眼に映った古い庭々も
　　海に浸ったこの心を引きとめないだろう
　　おお夜たち！　白さが防衛する虚ろな紙の上の
　　私のランプの荒涼とした光りも
　　子供に乳を呑ませている若い女も

　　Rien, ni les vieux jardins reflétés par les yeux

Ne retiendra ce cœur qui dans la mer se trempe
O nuits ! ni la clarté déserte de ma lampe
Sur le vide papier que la blancheur défend
Et ni la jeune femme allaitant son enfant.

　作中の「私」は、地上で最も愛着のある存在を捨てて、「出発」の夢に、「彼方」への逃走に身をゆだねようとする。「白さが防衛する虚ろな紙」、「私のランプの荒涼とした光り」とは、「私」（＝詩人）の、夜毎の厳しい詩作の現場を指しているといえようが、その営みすら、逃走の夢想の下に否定される。マラルメ自身、1866年2月1日付の、アンリ・カザリスの従姉ル・ジョーヌ夫人 Mme Le Josne に宛てた手紙の中で、作品の主題について次のように語っている——「時おり捉えられる、愛する者たちから離れたい、そして「出発する」という、あの説明しがたい欲望」ce désir inexpliqué qui vous prend parfois de quitter ceux qui nous sont chers, et de *partir* [8]。

　その「私」、あるいは「この心」を、マラルメは「倦怠」と呼んでいる。

　　残酷な希望に荒んだ「倦怠」は
　　ハンカチの最後の別れを今なお信じているのだ！

Un Ennui, désolé par les cruels espoirs,
Croit encore à l'adieu suprême des mouchoirs !

　「倦怠」Ennui は、草稿では小文字で始まる ennui であった。これを大文字で始まる Ennui と修正したことで、我々はボードレールにおける倦怠を思い出さないわけにはゆかない。『悪の花』の序詩「読者に」*Au Lecteur* から、終わりの三節を引かねばならない。

だが、金狼(ジャッカル)にもあれ、豹にもあれ、牡狼にもあれ、
猿にも、蠍にも、禿鷹にも、蛇にもあれ、
われらの悪徳をとりあつめた穢らわしい動物園の、
啼き、吼え、唸り、這いまわる怪物どものさなかに、

さらに醜く、さらに邪ま、さらに不浄な者が一匹いる！
大仰な身ぶりもせず大きな声も立てないが、
地球を喜んで廃墟にしてしまうことも、
ひとあくびにこの世を呑みこむことも、やりかねない。

これこそ〈倦怠(アンニュイ)〉だ！——目には心ならずも涙、
水煙管くゆらせながら、絞首台の夢を見る。
きみは知っている、読者よ、この繊細(デリケート)な怪物を、
——偽善の読者よ、——私の同類、——私の兄弟よ！ [9]

Mais parmi les chacals, les panthères, les lices,

Les singes, les scorpions, les vautours, les serpents,

Les monstres glapissants, hurlants, grognants, rampants,

Dans la ménagerie infâme de nos vices,

Il en est un plus laid, plus méchant, plus immonde !

Quoiqu'il ne pousse ni grands gestes ni grands cris,

Il ferait volontiers de la terre un débris

Et dans un bâillement avalerait le monde ;

C'est l'Ennui ! — l'œil chargé d'un pleur involontaire,

Il rêve d'échafauds en fumant son houka.

Tu le connais, lecteur, ce monstre délicat,

— Hypocrite lecteur, — mon semblable, — mon frère !

ここで我々の悪徳の具現とみなされている獣たちの中で、最も「醜く」laid「邪ま」méchant で、「不浄な」immonde 生きものを、ボードレールは「倦怠」Ennui と名付ける。immonde は、monde（世界）の im-（否定・欠如）である。またこの「倦怠」は、「魔王」Satan ; Diable でもあり、「地球を喜んで廃墟にしてしまうことも」「ひとあくびにこの世を呑みこむことも、やりかねない」「怪物」monstre として提示している。一言でいえば、現実世界の全的な破壊・否定であり、マラルメの「倦怠」（ボードレールと同じ擬人化）と似通う存在である。

ボードレールにおける「倦怠」の内容を端的に示す作品として、「憂鬱」*Spleen*（*FM*, LXXVI）があげられる。

陰鬱な好奇心喪失の果実　倦怠が
永遠不滅のものさながらに拡がる時

L'ennui, fruit de la morne incuriosité,
Prend les proportions de l'immortalité.

curiosité（好奇心）の in-（欠如・否定）の結果としての「倦怠」が、人間存在の内面と同時に現実世界を「不死」immortalité の存在として覆いつくすわけである。ここから、「彼方」là-bas への逃走・出発の夢想まではわずか一歩である。

ただし、ボードレールとマラルメにおける「彼方」には違いがある。この点について安藤元雄は、「旅への誘い」*L'Invitation au voyage*（*FM*, LIII）の一節を引きながら次のようにいっている。

Songe à la douceur
D'aller là-bas vivre ensemble

思ってごらん
あそこへ行って一緒に暮す楽しさを！

　そしてボードレールは、恋人とともにそこへおもむくことを夢みるのでなければ、現世の恋人の胸の香りの中に〈幸福の岸辺〉を思いえがくわけです。どちらにしても〈彼方〉(là-bas) の世界が一足とびに目の前に映し出されます。
　けれどもマラルメの場合は、《là-bas》はどこまで行っても単なる〈彼方〉でしかありません。そこにどんなものがあるか思いえがかれるわけではなく、第一、そこへ行けば充足感が得られるのかどうかさえわかってはいない。〔……〕なおも強引に夢想をくりひろげれば、映し出されるのは難破のイマージュ、出発することによってもたらされる破滅だけです。[10]

　そして「海の微風」における現実世界の否定について、「最初のうちは詩人の身辺の環境が——ただし、必ずしも現世の俗悪・下劣を理由としてではなく——否定されて行くだけですが、やがてその否定が〈脱出〉そのものをひたし始めます。最後に残るのは、海からのそよ風に乗って聞えてくる、かすかな水夫の歌声でしかありません[11]」と述べている。この指摘は的確である。
　ところでボードレールが「現世の恋人の胸の香りの中に〈幸福の岸辺〉を思いえがく」（「異邦の香り」）とき、作中の「私」はどんな仕種をするのであろうか。

III.「両の眼を閉じて」(ボードレール)

1855〜56年頃の制作と推定される「異邦の香り」 *Parfum exotique* (*FM*, XXII) の第一節は、次のとおりである。

　　両の眼を閉じて　秋のある熱い夕べ
　　あまえのほてった乳房の匂いを吸いこむとき
　　私は見る　幸福の岸辺が拡がるのを
　　単調な太陽の火がまばゆく照らす岸辺が

　　Quand, les deux yeux fermés, en un soir chaud d'automne,
　　Je respire l'odeur de ton sein chaleureux,
　　Je vois se dérouler des rivages heureux
　　Qu'éblouissent les feux d'un soleil monotone ;

　女体が一つの広大な風土と重なるのはボードレールの常套であるが、その風土に「私」を連れてゆき、そこを満たす体臭のいわば横暴にすっかり身をゆだねるために、「私」は「両の眼を閉じて」しまうかのようだ（女体の熱い「匂い」はいうまでもなく南洋の樹木や果実の強烈な「香り」と混じりあう）。このように視覚を消去することは、外界の事象を見ることの拒否である。その結果として、眼を閉じた「私」の暗い視界にくり拡げられるものは幻想の空間、あるいはここでのように記憶の風景であったりする。そして、思い出の世界が現出する契機となった恋人の肉体そのものも、一度「私」の視覚から消滅させられることは注目に値する。

　この作品に続く「髪」 *La Chevelure* (*FM*, XXIII) においても、視覚は殺される。

　　おおふさふさの髪よ　項（うなじ）の上にまで波うっている！

おお髪の環よ！　おおけだるさのこもる香りよ！
　恍惚よ！　この夕べ薄ぐらい寝室を
　髪のなかにまどろむ思い出でみたすため
　この髪を宙にうち振りたい　ハンカチのように！

　O toison, moutonnant jusque sur l'encolure !
　O boucles ! O parfum chargé de nonchaloir !
　Extase ! Pour peupler ce soir l'alcôve obscure
　Des souvenirs dormant dans cette chevelure,
　Je la veux agiter dans l'air comme un mouchoir !

　「髪のなかにまどろむ思い出」とは、次節の「憔悴のアジアと灼熱のアフリカ」La langoureuse Asie et la brûlante Afrique のような炎熱の風土の記憶に他ならない。この思い出が鮮やかによみがえるには、夕暮れの閨房の薄闇が、視覚の働きを妨げねばならない。しかも恋人の「髪」は、「黒檀の海」mer d'ébène（三節）、「黒い大洋」(ce) noir océan（五節）と呼ばれるように黒い髪であるから、ますます見えにくいのである。
　ふたたび「異邦の香り」に戻って考えれば、第一節の「私は見る　幸福の岸辺が拡がるのを」Je vois se dérouler des rivages heureux と、第三節の「私は見る　帆とマストでいっぱいの港を」Je vois un port rempli de voiles et de mâts における「見る」voir という動詞は「思い出す」se souvenir ; se rappeler あるいは「想像する」imaginer ; se figurer の意に用いられているといえる。こうした用法は、この作品に限らない。
　一例を挙げれば、「旅への誘い」L'Invitation au voyage（*FM*, LIII）の第六節：

ごらん　あれらの運河の上で
　まどろむあれらの船たち
　放浪癖のある船たちを

　　Vois sur ces canaux
　　Dormir ces vaisseaux
　　Dont l'humeur est vagabonde ;

における命令法の「見る」voir も、「想像する」imaginer あるいは「夢みる」songer に等しい意味で用いられていることは明らかである。なぜなら、運河と船のあるこの国は、一緒に行って暮らそうと恋人に誘いかける、想像上の「彼方」là-bas、理想の空間だからである。
　もう一度「異邦の香り」に戻って考察したいのは、第二節に現れる、南洋の島の住人の眼差しについてである。

　怠惰な島　そこには自然が与えている
　珍しい樹木とおいしい果物
　身体がほっそりとして強靱な男たち
　眼の大胆率直さがはっとさせる女たち

　　Une île paresseuse où la nature donne
　　Des arbres singuliers et des fruits savoureux ;
　　Des hommes dont le corps est mince et vigoureux,
　　Et des femmes dont l'œil par sa franchise étonne.

　「大胆率直さ」(sa) franchise は、近代文明に冒されていない無垢さだけではなく、性的な奔放さも指すと思われる。いずれにしろ、

閨房の恋人の肉体から発する「匂い」のみを感受するためであるかのように「両の眼を閉じて」、恋人の肉体と共にその視線も視界から排除したとき、主体の視線は自らの内面に向かい、記憶の風景に出会い、純粋で自由な視線（の思い出）を再発見する——この視覚の働きと経験は、ボードレールと同時代の画家たちの作品のなかにも辿れるように思われる。

Ⅳ．「眼を閉じて」（ルドン）

　印象派の画家たちの営為は一口にいって、絵画におけるそれまでの神話・伝説、政治や宗教、歴史や文学などの意識的または無意識的な縛りつけや約束ごとから視覚を解き放ち、対象に、とりわけ外界の光の横溢に、いわゆる肉眼で立ち向かった実験であったように思われる。このことは既にくり返し指摘されており、今さらむし返すほどのことでもあるまいが、彼らのうちでもとりわけモネ Claude MONET（1840-1926）は、外光のなかの風景と人物に、いわば裸の眼で対面し、その見開いた両の眼に映じた事象をそのままカンヴァス上に定着しようとつとめた画家であったといえよう。その意味で、まさしく彼は眼に殉じた人であり、白内障で視力が衰えてゆく晩年の作品では、それまで光を浴びていまだ明晰な線や鮮明な色彩を保っていた外界の事物や人間が、しだいに明確な形や表情を失くしてゆく。このことは実際に作品の一つひとつにあたって検証されねばならないが、たとえば「戸外の人物試作（右向き）」（1886年、カンヴァス・油彩、オルセー美術館）*Essai de figure en plein air*（*vers la droite*）では、揺れる炎のような草むらに、雲の荒れる青空を背景にして立つ女性の顔は、日傘と帽子の陰になって細部がぼんやりとしか見分けられない。粗いタッチで塗られた両の眼は、輪郭を失い、視線がこちら（画家）の方を見下ろしていると辛うじてわかる程度にしか描かれていない。同じモティーフの「戸外の人物試作（左向

き）」(1886年、カンヴァス・油彩、同上) *Essai de figure en plein air*（*vers la gauche*）では、風になびくスカーフ・帽子のリボンと髪が顔にかかり、眼も鼻も口も全く描出されていない。というより画家の関心はモデルの女性（オシュデ夫人の娘、18歳のシュザンヌ）の眼や表情にはなかったのである。友人デュレあての1887年8月13日付の手紙には「〔……〕新しい試みに、私が理解しているような戸外の人物像に、風景画として描かれた戸外の人物像に、取り組んでいます[12]」とあり、人物を風景の構成要素の一つとしてしか見ていない彼の意図がそこに読み取れる。これより11年前に制作された、「散歩：日傘をさす女」(1875年、カンヴァス・油彩、ナショナル・ギャラリー〔ワシントン〕) *La promenade, la femme à l'ombrelle* は同じような構図で、こちらを見下ろす女性（最初の妻カミーユ）の鼻と口、それに眼の一部をかすめて細い灰青色のスカーフがなびいている。その眼は、素早い一刷けのタッチで、薄く軽く描かれているが、偶然の一瞬の眼差しの定着という感じがする。其れは次の瞬間には消えるというより別の表情に変わる、不安定な、移ろいの眼差しであり、底に描出されているのは、むしろ、刻々と過ぎ去りつつある時間の影のような気がする。大森達治は、「彼女はたった今、こちらの存在に気づいたかのように、やや驚きをさえまじえて、肩越しに我々を一瞥する[13]」と評しているが、女性の仕種と表情がどんな情念を示しているのかは断定できない——そういうとりとめのなさ、移ろいやすさこそが捉えられているのだと思われる。女性の前方、少し向うにたたずむ小さな男の子（当時8歳の長男ジャン）は、対照的にじっとこちらをみつめている。眉も眼もかなりはっきりと、しかも異様なくらい大きく描かれているが、やはりそこに何らかの明確な表情を読み取ることはできない。束の間の、儚い一瞬のスナップのように思われる。

　ここでとりあげたいのは、ルドン Odilon REDON（1840-1916）の作

品である。彼には「眼（眼球）」への偏執があり、眼をモチーフに数多くの多様な作品が制作されたことは知られている。ただこのモネと同年に生まれた画家の人物画には、目を伏せたり、閉じたりした人物が多いことに気づかされる。

　たとえば「眼を閉じて」 Les yeux clos という油彩の作品が複数ある。1890年作（オルセー美術館蔵）と1900年頃作（岐阜県美術館蔵）はよく知られているが、同一テーマの変奏と思われる作品が他にもたくさん見出される。いくつかあげてみよう：「聖心」 Le Sacré-Cœur （1895年頃、パステル、ルーブル美術館）、「オフェリア」 Ophélie （1901～2年、厚紙・油彩、岐阜県美術館）、「オルペウスの死」 La mort d'Orphée （1905～10年頃、カンヴァス・油彩、同上）、「オルペウス」 Orphéus （1913年以後、厚紙・パステル、クリーヴランド美術館）、「聖アントワヌの誘惑」（第三集） La Tentation de Saint-Antoine [3ᵉ série] （1896年、リトグラフ、岐阜県美術館・群馬県立近代美術館）のうち、「XXIV ついに日の出だ……そして太陽の円盤そのものの中にイエス・キリストの顔が輝く」 Le jour enfin paraît…… Et dans le disque même du soleil, rayonne la face de Jésus-Christ.

　描かれた人物が眼を閉じているとき、その人物は意識的にしろ無意識的にしろ外界が眼に映ることを拒否している。外界とはこの場合、絵のなかの空間だけでなく、絵を見ている者も含めた絵の外の空間全体を指す。そのとき閉ざされた視線はどこを見ているのであろう。ルドンについて言えば、眼を閉じた人物（以後「かれ」とする）のほとんどが静かな瞑想の表情を湛えており、「かれ」は自身の内面にその視線を沈めていると我々には思われる。

　見る側からすれば、「私」の視線は「かれ」に拒絶され、はじき返される。一瞬途方に暮れた「私」の視線は、それでも思い直して「かれ」の隠された視線を追い、その視線とともに「かれ」の内面の闇を探ろうとする。しかしそこに、何か明確な対象（観念にしろ、

影像にしろ）を見出すこともできず、「私」の視線は中途でひき返さざるを得ない。そのとき「私」の視線はもう一度、視線を隠した「かれ」の顔の表情と身体のたたずまい、そしてその周辺の空間に注がれることになる。ルドンの世界では多くの場合、その空間に花たちが現れる。その花たちはすべて、彼に固有の幻想的な表情を漂わせている——彼が人物に外界を見ることを禁じた結果、生まれ出た内面の花とでもいうように。少なくともこれは、外界に存在する花の単なる再現ではない、と感じられる。周知のように、内省と夢想の輝きを秘めたルドン独自の色彩は、黒の時代を経て1890年頃、黒の世界から生まれる。そのように一度、外部と内部の闇をくぐりぬけてきた花たちを、我々は眼を閉じた人物と一緒に眺めている、といえるのではないか。くり返しになるが、そこには外部世界の拒絶ないしは抹殺がある。では、ルドンやボードレールが生きていた頃の外部世界はどのようなものであったのか？

当時のブルジョワ社会は科学万能主義と実利主義に席巻され、衆愚が幅を利かせ、高貴な精神は圧殺されるような世界である。ルドンも初期に影響を受けたモロ—Gustave MOREAU（1826-98）は、『夢を集める人』（1984年刊）のなかで次のように慨嘆している（高階秀爾訳）。

　　　無力で無内容な人びとの群れが今日ほど不遜に、我がもの顔に振る舞っている時はない。民主主義！　それこそ、傲慢さに陶酔し、狂乱する衆愚の原動力だ……。彼らの恐るべき無知、その精神の愚昧さは、無敵の力を持っている。[14]

ボードレールは『火箭』Fusées, XV　で、当時の世界の物質主義を予言的に批判している：「機械というものがやがて我々をとことんアメリカナイズし、進歩は我々の内面で精神的部分全体を見事な

までに萎縮させるだろう〔…〕」La méchanique nous aura tellement américanisés, le progrès aura si bien atrophié en nous toute la partie spirituelle〔…〕。のちに小林秀雄も『私小説論』(1935) で、この時代の思潮を次のように剔抉している。

　フランスのブルジョアジイが夢みた、あらゆるものを科学によって計量し利用しようとする貪婪な夢は、既にフロオベルに人生の絶望を教え、実生活に袂別する決心をさせていた。モオパッサンの作品も、背後にあるこの非情な思想に殺された人間の手に成ったものだ。彼等の「私」は作品になるまえに一っぺん死んだ事のある「私」である。

　フロベール Gustave FLAUBERT (1821-80) やモーパッサン Guy de MAUPASSANT (1850-93) を思想的に追いつめ、精神的に殺したと小林が考える、そのような社会で生きることにあるいは反発し、あるいは倦怠を覚えたボードレールやモローやルドンが、そこから視線を逸らしたのも故のないことではない。人間の内面の「精神的部分」を顧みず、物質的な豊かさのみ追い求め、それが人間の「進歩」と信じているような唾棄すべき光景に満ちた世界を見ることにあるいは嫌悪を覚え、あるいは疲れて、彼らは眼を閉じたのだと思われる。

　ボードレールの場合、初めはレアリストの眼を見ひらいて外界を見ていたが、後に眼を閉じて外界を拒絶するようになった、というのではない。彼の内部には、この二つの欲求が同時に存在していた、とみるべきであろう。事実、「前世」 *La Vie antérieure* (1854〜55. *FM*, XII) と「異邦の香り」 *Parfum exotique* (1855〜56. *FM*, XXII) の推定制作年代に、ほとんど隔たりはないのである。

註
1) 安藤元雄『フランス詩の散歩道』、白水社、1995、p.92.
2) S. MALLARMÉ, *OCM*, p. 1432.
3) 多木浩二『眼の隠喩』、青土社、1985、p.136.
4) *Ibid.*
5) *Ibid.*
6) 安藤元雄、*op. cit.*, p. 92.
7) 安藤元雄・入沢康夫・渋沢孝輔編『フランス名詩選』、岩波文庫、1999、p.149.
8) S. MALLARMÉ, *op. cit.*, p. 1433.
9) 阿部良雄訳『悪の華』(『ボードレール全集Ⅰ』)、筑摩書房、1983、p.11.
10) 安藤元雄、*op. cit.*, pp. 98-99.
11) *Ibid.*, p. 99.
12) 『モネ』(『アサヒグラフ・別冊美術特集・西洋編5』)、朝日新聞社、1993、p.91.
13) *Ibid.*, p. 89.
14) 『モロー』(『*Ibid.*, 西洋編17』)、朝日新聞社、1991、p.84.

II

シュペルヴィエルにおける詩人

I．内面の画家

　シュペルヴィエル Jules SUPERVIELLE（1884-1960）の詩人観は、彼の作品そのものに内包されているはずであるから、一つ一つの作品のあり方を分析することによって導き出されるべきであろう。しかしここでは、作品に描かれた詩人像をとおして、彼の考える詩人とはどのような存在であったのかを辿ってゆきたい。

　初期のソネット「ドゥニーズ、お聞き…」 *Denise, écoute-moi...* は、若いシュペルヴィエルの詩人論であると同時に、詩法の宣言ともいうべき作品である。

> ドゥニーズ　お聞き　すべてが風景になるだろう
> 新鮮な神秘が今日わたしの心のなかでふるえている
> 悲哀と喜びは固有の葉群をもっていて
> わたしはその偶然の絡みあいを描くすべをしっている

> Denise, écoute-moi, tout sera paysage,
> Un frais mystère tremble en mon cœur aujourd'hui,
> La tristesse et la joie ont leur propre feuillage,
> Et j'en sais dessiner l'enlacement fortuit. [1]

　話者の「わたし」 je は詩人である。第三節の「ああ！　私に答え

ないでおくれ／素直なミューズに思いのままに従わせるのはいつもた易いと」Ah！ne me réponds pas qu'il est toujours facile / De plier à son goût une muse docile にそのことが示されている。

　ところで、最初の「すべてが風景になるだろう」という一行は、何を意味しているのだろうか。この「すべて」tout は当然「風景」paysage 以外のあらゆる事象をも含むのであるから、存在の、目にはみえない内面の動きや抽象的な思考の働きなども、目にみえる外界の対象としてあらわれ得る――その可能性を示唆していると思われる。二行目の「心」cœur はもちろん「心臓」とも訳せるが、そこに「ふるえる」「新鮮な神秘」un frais mystère とは、たとえば「ドゥニーズ」とよびかけられる女性との間に芽生えた愛と考えてよいだろう。この愛にともなう「悲哀と喜び」la tristesse et la joie のような内面の抽象的な情念の動きは、外界の目にみえるものではないが、話者（＝詩人）はそれが「固有の葉群」leur propre feuillage をもつ、と言い切っている。したがってここでは、「悲哀と喜び」が「樹木」や「森林」のようなものとして捉えられていることになる。

　「心」「心臓」cœur、「樹木」arbre、「森林」bois, forêt は、シュペルヴィエルの詩世界では頻度の高い、極めて重要な言葉であることは記憶しておいてよい。

　さて、このように様々な情念も目に映る風景として外部に現れる以上、「わたし」はその細部（「偶然の絡みあい」l'enlacement fortuit）を描くことができる。「描く」dessiner という動詞から、ここでは詩人が画家に似た存在としてうけとられていることが分る。詩人とは、存在の目に見えない内部世界を、目にみえるイメージとして描き出すことで外在化させる、いわば内面の画家に他ならない。

　二節目を読んでみよう。

　　時間は生きている　きみはその羽毛を愛撫せねばならない

昼と夜の色彩をたもつ羽毛を
わたしは風に旅行テントをはためかせよう
果物かごのようにいい匂いのする夜明けのなかで

L'heure vit, il te faut caresser son plumage
Qui garde les couleurs du jour et de la nuit;
Je ferai battre au vent la tente du voyage
Dans l'aube qui sent bon comme un panier de fruits.

　「時間」l'heure も、目にみえない抽象的存在であるが、それは「羽毛」son plumage をもっているというのだから、「時間」は「鳥」として捉えられていることになる。「鳥」oiseau も、シュペルヴィエルの詩世界ではたいへん重要な存在であるが、これについては後でふれる。
　この「鳥」である「時間」は当然、「昼と夜の色彩」les couleurs du jour et de la nuit を、つまりひかりと闇のなかの、あらゆる事象の、あらゆるニュアンスの色彩、いいかえれば刻一刻うつりかわる風景の表面をすべて含んでいるのであるから、その羽毛を「愛撫する」caresser ことによって、「きみ」（＝恋人）は、世界を（つまり時間を）自分のものとすることができる、と「わたし」は考えているのであろう。
　ここで二つのことを指摘しておきたい。シュペルヴィエルは、上述のような時間の空間化ともいうべき詩法を抽象的に展開することを嫌う。必ず対象の観察や感覚に裏打ちされた表現を通して、我々の理性というよりは感性につよく訴えかけるように細心の注意を払う。その意味で、彼の詩のイメージは極めて正確である。まず鳥の羽毛であるが、実際にその色彩は無限に豊かである。鳥たちは、昼と夜、ひかりと闇のなかのあらゆる風景のなかを飛ぶことによって、

全ての色彩をその羽毛に吸収し、保持しているかにみえる。

　つぎに詩人である「わたし」は、時間を鳥として、またその羽毛として描出することで「きみ」に時間を生きた存在として与える（感じさせる）ことができる。その鳥のイメージを「きみ」が「愛撫する」なら、「きみ」は「わたし」と同じ時間を、同じ生を生きることができる。「きみはその羽毛を愛撫せねばならない」という主張は、恋人へのそうした願いを含んでいるのである。

　さらにいえば、このとき詩人は「鳥」でもある。今や彼は、鳥と同じように、世界をへめぐる旅人にもなれる（この美しい三・四行目の詩句からボードレール Charles BAUDELAIRE（1821-67）の「祝福」*Bénédiction*（『悪の花』I）の六・七節や、ランボー Arthur RIMBAUD（1854-91）の出発をテーマとする幾つかの作品が想起される）。上にふれたような内界と外界を、時間と空間を自由にゆききできるような詩法を身につけたからには、詩人は世界（内部と外部の両世界）を旅するなかで豊かな果実（＝詩作品）を手に入れることができるだろう。「夜明け」l'aube は出発であり、希望である。「果物かご」panier de fruits は「いい匂がする」sent bon のだから果実がつまっているのであろうが、若い詩人がこれから存在の果実をつみとって入れてゆく、空っぽのかごを想像してもよいだろう。夜明けの色彩はまた、熟した果実のそれと結びつく。

　最終第四節は次のとおりである。

　　　希望が熟させ膨らませるこのソネットは
　　　苦悩を遠ざける願いを封じこめているので
　　　恋を甘美なもの　痛みを身に親しいものにするだろう

　　　Ce sonnet que mûrit et gonfle l'espérance
　　　Enclôt un tel désir d'écarter le tourment

Qu'il fera doux l'amour et chère la souffrance.[2]

　動詞の「熟させる」mûrir と「膨らませる」gonfler は、第二節の「果実」と「テント」につながる。さらに「甘美な」doux と「身に親しい」chère（＝ coûteux 高価な）は、「果実」にもかかわる形容詞である。とすれば、このソネットそのものが上に述べたように果実であり、また恋（あるいは愛）でもあるといえよう。ところで「恋」l'amour には苦痛と快楽の両面があり、後者の場合に「甘美なものにする」fera doux と表現するのは一種の類語反復（tautologie）とみなされよう。しかし、いずれにしろ上記の三行詩（tercet）の場合、詩作の主目的が苦痛を和らげる働きにおかれていることは明らかであり、この点はシュペルヴィエルの詩の倫理的側面として頭にとどめておきたい。

　シュペルヴィエルの考える詩人にとって大切なのは、自己の内面はもちろん、他者の内面をも隅々まで知覚し、これを言葉に「翻訳する」traduire [3] ことである。このとき他者には、人間存在のみならず他の動物や植物、さらには生命のない事物も含まれるのがシュペルヴィエルの特徴である。

　　「詩人」にはやさしくしてください
　　いちばんおだやかな動物ですから
　　私たちに心と頭を貸してくれ
　　私たちの不幸は残らず身に融かしこみ
　　私たちの双子の兄弟になります

　　Soyez bon pour le Poète,
　　Le plus doux des animaux,
　　Nous prêtant son cœur, sa tête,

  Incorporant tous nos maux,
  Il se fait notre jumeau ; [4]

　ここでも詩人を「いちばんおだやかな動物」と、またこの引用の少し先（九行目）では「お人好しの獣」bonne bête と呼んでおり、単に人間の枠のなかで捉えているのではないことがわかる。

Ⅱ．他者との合一

　さて「内面の画家」として、詩人は他者の内面とどうかかわるのであろうか。彼は「私たちに心（臓）と頭を貸し」、「私たちの不幸は残らず身に融かしこむ」ことで、「私たちの双子の兄弟になる」という。他者である「私たち」nous は詩人の「心（臓）」cœur つまり感性と、「頭」tête つまり知性を借りることによって（狭義には詩人の作品をとおして）、世界と私たち自身をめぐる認識を共にするわけである。詩人の側からみればそれは、詩人がその感性と知性を私たち他者に共有させることで私たちの内面と一体化することを意味している。また彼が「私たちの双子の兄弟になる」のは、とりわけ私たちの不幸を共有することによってである。このことは上に引用した「補遺」*Appendice* の次の詩行、

  とても誠実なので　足しげく訪れます
  悲惨とそのお墓を

  Il fréquente, très honnête,
  La misère et ses tombeaux,

をみても明らかである。
　ここではしたがって、「身に融かしこむ」incorporer という動詞に

シュペルヴィエルの考えが集約されていると思われる。『ロベール・フランス語辞典』によれば、この corps の派生語は、

 Ⅰ．Vx. Donner un corps, incarner.
 Ⅱ．Faire qu'une chose fasse corps avec une autre.
  １．Unir intimement (une matière à une autre). V. Mélanger.
  ２．Faire entrer comme partie dans un tout. V. Insérer, introduire.

と定義づけられており、ここではⅡの１「密に一体化させる」の意味に用いられていることがわかる。
　このような他者の内面との融合・合一が、シュペルヴィエルの抱く詩人像の根底をなしていると思われる。
　さて、詩人の他者に対する共鳴、ことにその不幸への共感はやがて自己犠牲にまでゆきつくことになろう。次の詩行には、そのいわば殉教者的な側面が描かれる。

 彼はお人好しの獣　私たちに代り
 自分のあわれな肉体を鴉たちに与えます

 Donnant pour nous, bonne bête,
 Son pauvre corps aux corbeaux ;

　鴉に肉をつつかせることは、詩人の肉体を消滅・死に誘うことであるが、それは同時に鴉の肉体との合一・同化を意味する。逆にいえば、他者との一体化は主体を死に至らしめる危険を孕んでいることになる。引用の詩行を音の効果からみると、corbeaux〔kɔrbo〕は、《corps》〔kɔr〕（肉体）と《beaux》〔bo〕（美しい）を包含している。それゆえここには、詩人の「あわれな肉体」は、他の生物の肉体に

同化させられることによって「美しい肉体」に変貌するという考えが隠されているといえよう。シュペルヴィエルは自らのこの傾向を「共感過多症」pansympathie と呼ぶが、そこにはやや苦い自嘲がこめられているように思われる。

　　おまえは死んだ　共感過多症なる
　　悪性の病いで

　　Tu mourus de pansympathie,
　　Une maligne maladie. [5]

とはいえ、詩人の責務はこうした他者の内面との同化を言葉によって表現することでなければならない。「補遺」の最後は次のように結ばれる。

　　彼は明晰な言葉に翻訳します
　　私たちのごく小さなことでも
　　ああ！　彼に与えよう　お祝いとして
　　通訳のハンチングを！

　　Il traduit en langue nette
　　Nos infinitésimaux,
　　Ah！ donnons-lui, pour sa fête,
　　La casquette d'interprète！

他者の存在の微小な細部まで「明晰な言葉」に翻訳すること、そしてそれを他者に伝える「通訳」となること、これがシュペルヴィエルにとっての詩人の基本的な定義である。通訳は異なる言語をも

つ他者同士を結びつける。また他者（人間や他のものたち）の、言葉にならない不明瞭であいまいな、あるいは微妙でつかみにくい考えや感覚・感情をわかり易い言葉になおして私たち他者に伝える。言語をもたない動植物や物にかわってその内面の声を解読し、明らかにする。彼は自己の思想や情念を吐露するというより、むしろ他者の内面の代弁者として、他者に仕える存在である。

実際、シュペルヴィエル自身が外界と内面、人間と他の生物・非生物との境界をた易くのりこえ、楽々とゆききする詩人である[6]。

III．オルフェ

伝説の詩人オルフェは、こうした同化能力の究極の象徴であろう。短編「オルフェ」 *Orphée,* in *Orphée et autres contes*（Ides et Calendes, 1946）の冒頭は次のとおりである。

> 彼が現われるまで、葉むらに吹く風は声を立てず、海は限りない沈黙のうちに波をくずし、雨は音もなく屋根をたたき、滝や早瀬も啞だという評判だった。自然は最初の詩人が出て来てくれるのを待っていたのだ。
> 　鳥たちはくちばしの奥に歌声を押し殺したまま、人を見つめるばかりだった。鶯の喉を解きはなったのはオルフェである。それ以来、今の世まで、鶯はあの最初の詩人がいたころと同じ歌をうたい、オルフェの時代の痕跡を今にとどめている。[7]

オルフェは世界で「最初の詩人」であり、その歌によって、それまで啞であった自然界の事象に歌うすべを教える。「補遺」に倣っていえば《cœur》と《tête》、つまり「声」を貸し与える。自作の詩を自演の竪琴で歌う彼の声をとおして、自然界の万象は自己と他者・世界の見方（歌い方）を教わり、今度はそれを自分自身の声で

歌い始めるようになる。いいかえれば、他者にその「内面の歌声」を解き放つすべを学びとらせることができるのである。これは、オルフェが他者の内面の欲求を理解し、これに共鳴せねばできないことであろう。他者の側からみれば、詩人の内面の音楽のうちに自己のそれとの同一性を見出し、これに共感を覚えたからこそ、自他の同化・一体化は成立したはずである。

 かくして、彼の内面の声（＝詩歌）は宇宙規模で共感と合一の環を拡げてゆく。

> 彼は大声で歌ったわけではないし、時にはほんのつぶやくだけで我慢したのだが、それでも彼の内面世界の音楽が遠くまで広がり、距離などを物ともせず、つぎつぎと中継されて、空中高く、天界にまで伝わって行った。[8]

 しかし、このオルフェでさえ、黄金時代の楽園的世界に生きていたからこそ万象とのあいだに相互共感の奇蹟が実現したのである。だが、それも完璧なものではなかった。たとえば魚たちは「この詩人の声を聞けなかったから[9]」、「相変わらず沈黙を守っている[10]」のである。そして結局、彼を憎むバッカスの狂女たちによって若くして殺される。切り落とされても歌い続ける彼の首と竪琴は、近付くことはあっても完全に相和することはない。彼のつぶやきは、かろうじて後世の詩人が聞き取れるにすぎない。

> 死んでから何時間ものあいだ、その唇は新しいイマージュや美しい調べをかすかにつぶやいていたが、それは未来の詩人でなければ聞き取れないものだった。[11]

 オルフェに象徴される万象と詩人との合一の黄金時代はすでに終

わってしまい、そののち現代に至るまで、詩人の役割はそうした楽園的合一のかすかな痕跡を辿り、伝えることにしかない、とシュペルヴィエルは考えているのであろう。

Ⅳ．内面化・記憶・想像

このようにシュペルヴィエルは、詩人を内面の画家として、また他者の、世界の通訳として捉えたが、それを保証するものは、詩人の他者との同化能力であった。では自己の内面と他者の内面との一体化・合一は、どのようにして可能となるのか。それはた易く実現することなのかどうか、はたして詩人の恣意に終わる危険はないのか——これらの問いをシュペルヴィエルは作品においてどう考えたか、みてゆきたい。

詩人としての彼が自己の内面に降ってゆくとき、その内面の闇に包まれて何かがみえるのか、何もみえないのではないかという疑問が生まれる。ところがシュペルヴィエルの場合、内面の夜は空虚などころか、外界の豊かな物象のイメージに充ちている。「詩人」 *Un Poète* という作品（全八行）はそれを端的に示している。

　　私は己の奥深くへいつも一人でゆくわけではない
　　私は生者を一人ならず道連れにする
　　私の冷たい洞窟に入った者たちは
　　一瞬でも　そこから抜け出る自信がもてるだろうか？
　　私は自分の夜のなかへ　沈む船のように
　　ごちゃまぜに　乗客と船員を押しこむ
　　それから船室で　灯りを消して眼がきかないようにし
　　大いなる深みの友人たちをつくる

　　Je ne vais pas toujours seul au fond de moi-même

> Et j'entraîne avec moi plus d'un être vivant.
> Ceux qui serons entrés dans mes froides cavernes
> Sont-ils sûrs d'en sortir, même pour un moment ?
> J'entasse dans ma nuit, comme un vaisseau qui sombre,
> Pêle-mêle, les passagers et les marins,
> Et j'éteins la lumière aux yeux, dans les cabines,
> Je me fais des amis des grandes profondeurs. [12]

　このように「私」（＝詩人）の内部の闇には「沈む船のように」沢山の乗客や船員が、「私」の意志でつみ重ねられる。「私」が引きずりこむこの他者たちは、内面の「冷たい洞窟」の虜になってそこから出ることも保証されていない（このことは、後にふれる詩人の創造物の不幸とかかわってくる）。この場合、比喩として用いられた船や乗客のイメージは、昼間なんらかの機会に「私の」の眼に映り、記憶されたものであろう。それらが内部の夜に一たん浸され、再び浮かびあがってくるのだが、「私」はわざわざ船室の「灯りを消す」ことで闇を更に暗くし、昼間の見方（理性によるそれ）とは異なる見方で内部の夜を見ようとする。「私」がこの海底のように深い内部の闇と、闇にうごめく他者たちに一体化することができるのは、このような内在化を介してである。こうして詩人は「大いなる深み」の住人たちと友だちになるのである（Ⅰ章でふれた「私たちの双子の兄弟になる」詩人像が思い出される）。
　同じような他者の内在化の例が、「魚たち」 *Les Poissons* にみられる。ここでは、記憶の働きのもつ意味が問われていると思われる。

> 深い入江のなかの魚たちの記憶
> 私はここにいておまえたちのゆるやかな思い出をどうすることができるのか

おまえたちのことで私が知っているのはわずかな泡と影
それにある日　私と同じようにおまえたちも死なねばならない
　　ことだけ

なのにおまえたちは私の夢に何を問いにくるのか
まるで私におまえたちが救えるとでもいうように？
海へお帰り　私を残しておくれ　私の乾いた陸地へ
私たちは互いの日々をまぜあわせるようにはできていないのだ

Mémoire des poissons dans les criques profondes,
Que puis-je faire ici de vos lents souvenirs,
Je ne sais rien de vous qu'un peu d'écume et d'ombre
Et qu'un jour, comme moi, il vous faudra mourir.

Alors que venez-vous interroger mes rêves
Comme si je pouvais vous être de secours ?
Allez en mer, laissez-moi sur ma terre sèche,
Nous ne sommes pas faits pour mélanger nos jours. [13]

　入江の深み（これは「私」の内部の深みでもあるだろう）にみえた魚影の記憶が、いわば意志ある生物のように能動的に「私」の夢のなかに浮かびあがってきて、助けを求めてくるように「私」には思われる。「私がおまえたちの救いになれる」とは、どんなことを意味しているのか。それは最終行に暗示されているように「私たちの日々（＝生存の時間）をまぜあわせる」ことにより、互いの存在が確認されるという願いを指していると思われる。「魚たち」（それまで「私」に無縁であった他者）は「私」に見られ、記憶されることによりその存在が証しされる。その魚の思い出が逆に、記憶作用

の主体である「私」の存在を証しする。この相互作用が生まれなかったなら、「私」にとって「魚たち」は、「魚たち」にとって「私」は存在しなかった、つまり無に等しかったことになる。「見ること」と「記憶すること」で、二つの他者が結びつき、まじりあい、存在を始めるのであるが、両者の共通点は「ある日」同じように「死なねばならないことだけ」である。

　だがこの融合・同化は、実在の魚とかけ離れた、「私」の記憶作用のなかでの出来事にすぎない。そのことにより、魚が現実に亡ぶことから逃れられるわけではない。実在の「私」も必ず死によって消滅する。そのとき、「私」と魚の実在したことを証しするものは何もない。「私」と魚の合一・融合は実在レベルでは不可能なのだ。仮に実現したとしても、それはつかの間の幻想にすぎないだろう。

　ただできることは、「私たちはそれぞれの日々をまぜあわせるようにはできていない」——だから「海へお帰り　私を残しておくれ　私の乾いた陸地へ」——こう否定的に語ることだけだが、この語る行為のなかで、魚の「わずかな泡と影」のイメージが私たち（読者）の脳髄、あるいは内部の記憶の闇に残され、それは少なくとも私たちの死のときまで消えることはないであろう。ここにぎりぎりの、詩を書く、あるいは芸術作品をつくることの意義があると思われる。死者たちも、このようにして他者の内部で生き続けるのではないか。

　いいかえるなら、ある他者が、別の他者の内面に記憶として残され、その記憶が意識される、つまりよみがえることで後者に「思われる」ことがないなら、前者は存在しないに等しい。したがって、詩は、他者・世界を「思う」作業を言葉で書きつける営みなのだ。

　作品「魚たち」では、思い出としてよみがえる魚たちに「私を乾いた陸地へ残しておくれ」と呼びかけるのに対して、作品「鳥」 L'oiseau では、「私」（＝詩人）が想像力によって喚起した鳥が、

「私」に「枝に放っておいてください」と頼む。

　　「鳥よ　あなたは何を探している　私の本の上を飛びまわりな
　　　がら
　　何もかもがあなたにはかかわりのないこの狭い部屋で？」

　　「あたしはあなたの部屋のことは知らないし　あなたから遠く
　　　にいるの
　　あたしは自分の森を離れたことなどなくて　木の上にいるの
　　あたしはそこに巣を隠している　別な風にうけとってください
　　あなたに起きることはみな　鳥のことは忘れてください」

　　「でも私にはまぢかにあなたの脚　あなたの嘴がみえる」

　　「たぶんあなたには距離を縮めることができるの
　　あなたの眼があたしをみつけたとしても　それはあたしのせい
　　　ではないわ」

　　「それでもあなたはそこにいる　受け答えをしているのだから」

　　「いつも抱いている人間への怖れから　あたしは答えているの
　　あたしは雛たちに餌をやるだけで　他に暇はないの
　　あたしは雛たちを木のいちばん暗い所へ隠しているの
　　あなたの部屋の壁みたいによく繁っているなと思った木の
　　あたしを枝に放っておいてください　約束は守って
　　あたしはあなたの考えが銃撃のように怖い」

　　「羽根の下で私の言うことを聞いているあなたの心臓を鎮めな

さい」

「でも何という残酷さをあなたのどっちかつずの優しさは隠し
　ているのでしょう
　ああ！　あなたはあたしを殺した　あたしは木から落ちる」

「私は一人にならねばならぬ　鳥の眼差しだけでも妨げに…」

「でもあたしは遠く　大きな森の奥にいたのに！」

《 Oiseau, que cherchez-vous, voletant sur mes livres,
Tout vous est étranger dans cette étroite chambre.

— J'ignore votre chambre et je suis loin de vous,
Je n'ai jamais quitté mes bois, je suis sur l'arbre
Où j'ai caché mon nid, comprenez autrement
Tout ce qui vous arrive, oubliez un oiseau.

— Mais je vois de tout près vos pattes, votre bec.

— Sans doute pouvez-vous rapprocher les distances
Si vos yeux m'ont trouvé ce n'est pas de ma faute.

— Pourtant vous êtes là puisque vous répondez.

— Je réponds à la peur que j'ai toujours de l'homme,
Je nourris mes petits, je n'ai d'autre loisir.
Je les garde en secret au plus sombre d'un arbre

Que je croyais touffu comme l'un de vos murs.
Laissez-moi sur ma branche et gardez vos paroles,
Je crains votre pensée comme un coup de fusil.

— Calmez donc votre cœur qui m'entend sous la plume.

— Mais quelle horreur cachait votre douceur obscure
Ah ! vous m'avez tué, je tombe de mon arbre.

— J'ai besoin d'être seul, même un regard d'oiseau...

— Mais puisque j'étais loin, au fond de mes grands bois ! 》[14]

　第二節をみると、鳥は部屋から遠い森にいる実在の鳥として、「私」(＝詩人。第七節の《 sous la plume 》「羽根の下で」は「ペンの下で」ともうけとられるからである) に答えていると考えられる。しかし「鳥よ」という「私」の呼びかけに応じて会話を始めている以上、鳥は部屋にもいると考えるしかない(「私にはまぢかにあなたの脚　あなたの嘴がみえる」(第三節)「あなたは受け答えをしているのだからそこにいるのだ」(第五節))。

　実際、「鳥よ」という言葉 (parole) で呼びかけただけで、「私」(＝詩人) にとって、想像力 (あるいは夢想) のなかで鳥は存在を始める。しかし、それは同時に実在の鳥とは異なる存在を生み出すことでもある。この存在は生命の根から切り離され、森からも雛 (生命の継承者) からも遠く、以後は作品 (あるいは書物) のなかで、また読者の脳髄のなかで別個の生を続けねばならない。実在レベルの鳥からの抗議がおこるのはこのためである (「あたし (＝鳥) はあなたの考え《 votre pensée 》が銃撃のように怖い」(この

《pensée》は詩人が鳥を「思うこと」ととれよう)(第六節)、「ああ！あなたはあたしを殺した　あたしは木から落ちる」(第八節))。したがって詩人がある鳥を作品に描き出すとき、この鳥は実在レベルで一度死んだ鳥なのだ。しかし一たん詩人に「思われ」、その脳裡に生まれ、書きとめられた鳥は、実在の鳥以上にながく存在し続けることになろう。作品「犬」 *Le chien* では、野良犬が上述の鳥と同じように詩人に抗議する。彼は、詩人に呼び出されたことが迷惑なのだ。

「おれは野良犬だ
それ以上は知らない
だが　きこえるかあの声が
おれの上に落ちてくる
詩人の声だ

おれを選んで
ちょっぴり歓待したかったのだ
〔……〕
おれは外に出たくない
自分の暗闇から
誰かよそ者から
降りてきた言葉に
とりつかれた頭から

《 Je suis un chien errant
Et je n'en sais pas plus,
Mais voilà cette voix
Qui me tombe dessus,

Une voix de poète

Qui voulut me choisir
Pour me faire un peu fête,
[...]
Je ne veux pas sortir
De mon obscurité,
D'une tête habitée
Par des mots descendus
De quelque hors-venu. [15]

「とり囲まれた住居」 *La demeure entourée* では、「私」(=詩人)の家のまわりを「山」「樹林」「川」がとりかこみ、人間への違和感を述べる。「樹林」は「壁に囲まれてものを書いているあの手(=詩人の手、ととれよう)」のために「何ができるだろうか」と自問する。そして、詩人が想い描く樹林は、外界に実在する樹林とは別個の存在、「彼の言葉を理解する別の樹林」であると語る。

「〔……〕
それ(=樹林の世界)に何ができよう
あの男とその折り曲げた腕のために四方を壁に囲まれてものを
   書いているあの手のために?
男には私たちが眼に入らなかった 彼は自分の奥ふかくに探し
   ている
彼の言葉を理解する別の樹林を」

《 [...]
Que peut-il pour cet homme et son bras replié,

Cette main écrivant entre ces quatre murs ?
　　　Il ne nous a pas vus, il cherche au fond de lui
　　　Des arbres différents qui comprennent sa langue 》. 16)

　とはいえ、詩人が（実在の）樹林のことを思い、言葉を用いて作品に描く、あるいはシュペルヴィエルによくあるように樹林にしゃべらせる（なぜならその樹林は詩人の言葉がわかるから）とき、それが実在の樹林とはどんなに隔たったものになろうとその樹林は存在し初め、別の生を歩み始める。くり返しになるが、このような詩人の想像（あるいは創造）力がなければ、外界の諸事象は存在しないに等しいのではないか。この「とり囲まれた住居」の最後に、星は次のようにひとりごつ。

　　　でも星は一人ごとを言う――「あたしは一すじの糸の端っこで
　　　　ふるえているの
　　　もし誰もあたしのことを思わなければ　あたしは存在しなくな
　　　　るの」

　　　Mais l'étoile se dit : 《 Je tremble au bout d'un fil,
　　　Si nul ne pense à moi, je cesse d'exister 》. 17)

　「あたしは糸の端っこでふるえている」――この「糸」は、星をみる（私たちの）視線、あるいは（私たちの）眼に届く星の光のことか、それとも（詩人の）想像力のことか。いずれにしても、このようにして詩人の肉体を、またその想像力をとおして生み出された動物や植物、他の事象たちは、かつてそれらが地上に、外界に存在したことを暗示しながら、その実在の根からは切り離され、言語によって組み立てられた想像力の世界に、自らは詩人が与えた自分を

とりまく条件も自分の生き方も変えることができないまま、詩人（あるいは作者）がこの世から消えたのちもながく生き続けなくてはならない。それは被造物にとって不幸なことなのかどうか。最後にこの点にふれておきたい。

短編『沖の小娘』 L'enfant de la haute mer では、船乗りである父親（＝詩人とうけとれよう）が亡くなった娘を偲んで生み出した空想上の娘は、話者によって不幸とみなされる。

> 海原で肘を手摺に、夢想にふける水夫たちよ。気をつけるがいい、夜の闇に、愛する面影をいつまでも思い描くのは。もしかすると君たちは、途方もなく荒涼とした場所に、一つの存在を生み出してしまわないともかぎらないのだ。人間のあらゆる感覚をそなえながら、生きることも、死ぬことも、愛することもできず、しかもなお、さながら生きたり、愛したり、常に死に瀕していたりするかのように悩み苦しみ、水また水の孤独のなかに何の恵みも得られずに捨てられている存在を。たとえばこの大西洋の娘が、ある日、四本マストのル・アルディ号の甲板水夫、ステーンフォルドのシャルル・リエヴァンスの脳髄から生まれたように。かつて十二歳になる娘をある航海の留守中になくしたこの男は、ひと夜、北緯五十五度、西経三十五度の海上で、長々と彼女への思いにふけったのだ、恐ろしい力をこめて、それがあの娘にとってたいへんな不幸になるとも知らず。[18]

しかし、一たん想い描かれ、明晰な言語に翻訳された娘のイメージは、私たち読者の脳髄のなかで記憶としてその生存を止めない。実在の娘たち、またすべての他者たちも、この想像（あるいは創造）された娘のように私たちの内部の闇に一度ふかく浸されなければ、

存在したといえないのではないか——同様にこの私たちも、もし他者の内部に記憶され、時々思い出されるのでなければ？　シュペルヴィエルはこうした存在の確認と保持を、詩人の大切な役割と考えているように思われる。

註

1) In *Poèmes*, Figuière, 1919.
2) *Ibid.*
3) *Appendice*, in *Poèmes*.
4) *Ibid.*
5) *A moi-même quand je serai posthume*, in *Poèmes*.
6) これについては次章「シュペルヴィエルの詩と生命把握」のⅡ（本書132頁）で分析した。
7) 安藤元雄訳『世界の文学』52、中央公論社、1966.
8) *Ibid.*
9) *Ibid.*
10) *Ibid.*
11) *Ibid.*
12) In *Les Amis inconnus*, Gallimard, 1934.
13) *Ibid.*
14) *Ibid.*
15) In *1939-1945*, Gallimard, 1945.
16) In *Les Amis inconnus*.
17) *Ibid.*
18) 安藤元雄訳、*op. cit.*

シュペルヴィエルの詩と生命把握

I．禁止あるいは抑制

　ジュール・シュペルヴィエル Jules SUPERVIELLE (1884-1960) の詩世界における主要なテーマの一つは、存在の形象化による生命の確認・把握であると思われるが、特に目立つのは「血」sang、「心臓」cœur あるいは「肉」chair、「骨」os などを通して「肉体」corps を描く手法である。今回は「心臓」*Cœur* と題された作品を中心に、詩人がどのように生命を捉えているか、その特質を探ってゆきたい。

　まずとりあげるのは、詩集『万有引力』*Gravitations* (1925) のなかの一篇であるが、この作品の後半に奇妙な人物が登場する。

　　だが何千という子供らが
　　広場に殺到し
　　うすい胸をしぼって
　　叫びたてるものだから
　　黒いひげの男が
　　――どこの世界から来たのだろう？――
　　身ぶり一つで子供らを追いちらす
　　雲の奥まで
　　それでふたたび　一人ぼっちになり
　　肉のなかをおまえは手さぐりする
　　屍衣に一層近づいた心臓

大人の心臓よ

Mais des milliers d'enfants
Sur la place s'élancent
En poussant de tels cris
De leurs frêles poitrines
Qu'un homme à barbe noire,
── De quel monde venu ? ──
D'un seul geste les chasse
Jusqu'au fond de la nue.
Alors de nouveau, seul,
Dans la chair tu tâtonnes,
Cœur plus près du linceul,
Cœur de grande personne.

　この「広場」は、血液が集まり、送り出されてゆく心臓とほぼ重なりあう、と考えられよう。沢山の子供が突進してきて騒ぎたてるイメージは、肉体が激しい運動をしたり、内面が強い衝撃をうけたりしたとき、動悸が速くなる様をあらわしているのだろう（この箇所だけ、脚韻をふんでいないことに注意）。子供の群れは大量の血液なのだ。とすれば、その子供たちを追いちらす「黒いひげの男」は如何なる存在なのか。描写からみて、宇宙規模のエネルギーを有する巨大な存在である：「身ぶり一つで子供らを追いちらす／雲の奥まで」D'un seul geste les chasse / Jusqu'au fond de la nue。この男は、風貌からすると悪魔的存在にもとれるが、そう決め手しまう条件には欠ける。また彼は外部から来たのか、内部から来たのかも分からない「──どこの世界から来たのだろう？──」── De quel monde venu ?──。ただ一つ言えるのは、彼が「禁止」あるいは「抑制」の象徴

であることだ。過度な心臓の鼓動は生命を危険にさらすから、それを抑えて平静にもどすことが必要になってくる。

　しかし、心臓が激しく鼓動し、生命が危機に近づくときこそ、存在が最も燃焼し、充実しているときに他ならない。従って、「禁止」による過剰な生命活動の鎮静化は、若々しい活力の衰退、ひいては死への接近を意味することになる。「屍衣に一層近づいた心臓／大人の心臓よ」Cœur plus près du linceul, / Cœur de grande personne はこのことを指していると言えよう。

　同じような男が「陰気なやつやいかがわしいやつや…」Quand le sombre et le trouble…（『世界の寓話』La Fable du Monde, 1938）にも登場する。

　　　陰気なやつやいかがわしいやつや魂のあらゆる犬どもが
　　　私たちの長廊下の奥で押しあいへしあいするとき
　　　「おまえは誰だ」と「おだまり」とが
　　　溝のない鎧戸ごしにののしり合うとき
　　　一人のひげを生やした大男が　何度か
　　　そいつらを次々に手の甲で黙らせる
　　　すると私は足をよじらせ狼狽してしまう
　　　まるで私が帰還の望みのない彼であるかのように

　　　Quand le sombre et le trouble et tous les chiens de l'âme
　　　Se bousculent au bout de nos longs corridors,
　　　Quand le dis-qui-tu-es et le te-tairas-tu
　　　S'insultent à travers des volets sans rainures,
　　　Un homme grand, barbu et plusieurs fois lui-même
　　　Les fait taire un à un d'un revers de la main
　　　Et je reste interdit sur des jambes faussées

Comme si j'étais lui sans espoir de retour.

　「ひげを生やした大男」の「黙らせる」という「禁止」行為により、ここでも存在は硬直化させられ、活力を失う—「それで私は足をよじらせ狼狽してしまう」Et je reste interdit sur des jambes faussées のである。他にも沢山の例があげられるが、シュペルヴィエルの詩にあらわれる生命は、過剰な活動と、これを「禁止」ないし「抑制」しようとする、相反する二つの働きの均衡の上にあやうく自らを維持しているのである。
　なお、この大男について補足しておけば、我々は彼のイメージにワイルド Oscar WILDE（1854-1900）の童話『わがままな巨人』 *The Selfsh Giant* (1888) のそれを重ねてみざるを得ない。巨人の自慢の庭は、留守中に子供達が入りこみ、遊んでいるあいだ、春になると花々が咲きみだれ、秋には豊かに果実が稔っていた。しかし戻ってきた巨人が子供達を追い払うと、庭は年じゅう冬に閉ざされ、巨人は一人さびしく老いてゆく……。「心臓」を書くとき、このストーリーがシュペルヴィエルの記憶にあったかもしれない。

II．遠心と求心

　ここでもう一度、上に引用した「心臓」にもどって考えたい。これにふれてわれわれは、広場＝心臓、とみなしたが、「私は思い出す…」 *Je me souviens*…（『未知の友達』 *Les Amis inconnus*, 1934）でも同様のイメージがみられる。

　　　私は思い出す——こう私が語るとき
　　　ああ誰が思い出しているのか分りはすまい
　　　心臓を作り心臓にその名を与えている
　　　この熱い　ぶつぶつ呟いている四辻全体のなかで

Je me souviens — lorsque je parle ainsi
Ah saura-t-on jamais qui se souvient
Dans tout ce chaud murmurant carrefour
Qui fait le cœur et lui donne son nom —

「この熱いぶつぶつ呟いている四辻全体」tout ce chaud murmurant carrefour とは心臓そのものではなくて、心臓とそれをとりかこむ周辺の肉体を指しているようだ。「心臓」でも、ひるがえって検討すると、「広場」が心臓とぴったり重なりあうかどうかは、定かではない。この点はむしろあいまいに表現されていると言った方が正確かもしれない。

　まず第一に、「広場」があるのは肉体の外側なのか、内側なのかが説明されていないので分からない。ただ、この詩の前半で、心臓が外界の事物を自らの内部に集約している（Cœur grave qui résumes / Dans le plus sûr de toi / Des terres sans feuillages [...]）と述べられていることから、「広場」もそこに含まれていると想像するのである。そしてこの受けとり方は自然で、許容されることだと思われる。

　いずれにせよ、大切なのは、ここでは外界と内界の境界がとり払われていることなのだ。これはシュペルヴィエルに特徴的な手法であって、彼自身『詩法を夢みながら』*En songeant à un art poétique*（『誕生』*Naissances,* Gallimard, 1951. 以下 *AP* とする）で次のように述べている。

　　夢みること、それは肉体の物質性を忘れ、いってみれば外界と
　　内界を混同することである。

　Rêver, c'est oublier la matérialité de son corps, confondre en quelque
　sorte le monde extérieur et l'intérieur.

また外界の風景を前にするとき彼の感覚の一つの傾向について、次のように言っている。

〔……〕田舎に出かけると、風景が私にとってほとんどすぐに内部のものになる——外側から内側へのなんだか分からない滑り入りによって、私は私自身の内面世界にいるように進んでゆく。

[...] quand je vais dans la campagne le paysage me devient presque tout de suite intérieur par je ne sais quel glissement du dehors vers le dedans, j'avance comme dans mon propre monde mental. (AP)

彼自身にもそのメカニズムが解明できない（par je ne sais quel glissement du dehors vers le dedans）外部世界と内部世界との混合、あるいは混同を信じるなら、上述の詩法は彼にとって極めて自然なものであると分かる。ここで気をつけておかねばならないのは、外部と内部の境界があいまいになる、あるいは消滅するからといって、外部の事物のイメージが、またそれら事物の内在化されたイメージがあいまいにぼやけることにはならないという事実である。先の引用の少しあとで、彼はこのことについてもふれている。

夢みる人の夢が実際に現れるのは、正にこんな風にではないだろうか？　夢は曖昧さに包まれていながら完璧に明確である。輪郭が消え、夢がぼやけ、不確かなものになるのは目覚めのときである。

N'est-ce pas justement ainsi que se manifeste le rêve du dormeur ? Il est parfaitement défini même dans ses ambiguïtés. C'est au réveil que les contours s'effacent et que le rêve devient flou, inconsistant. (AP)

そんなわけで、シュペルヴィエルの詩作行為とは、夢の光景が目覚めのときに失う正確な輪郭をとりもどすこと、ぼんやりとしか思い出せない夢の世界を、言葉で明確に形象化することでもある（ここで彼の詩の発生源をなす夢は、夜みる夢に限られないことを確認しておきたい[1]）。彼の詩における個々のイメージの明快さは、ここから生まれてくると思われるが、その難解性は、イメージ相互の関係の読者にとってのあいまいさ（あるいは多義性）と、そこに起因する詩全体の意味の不透明さによると考えられる。彼の詩のそうした特質は、彼自身の言葉を用いるなら「ある種の幻覚にとらわれた正確さ」une sorte d'exactitude hallucinée (*AP*) に見出されると言えよう。

　作品をはなれて、一般的な考察に逸れすぎたようである。彼に顕著な外部と内部の混淆について、あらためて考えてゆきたい。すでにふれたように、「心臓」は外界をその内部に集約して保持している、と彼はみなし、次のように心臓に呼びかける。

　　　生まじめな心臓よ　おまえは集約する
　　　おまえの一番たしかな所に
　　　葉群のない大地を
　　　馬たちのいない道
　　　顔たちのない船
　　　水のない波を
　　　だが何千という子供らが
　　　広場に殺到する

　　　Cœur grave qui résumes
　　　Dans le plus sûr de toi
　　　Des terres sans feuillage,

> Des routes sans chevaux,
> Un vaisseau sans visages
> Et des vagues sans eaux.
> Mais des milliers d'enfants
> Sur la place s'élancent

　広大な外界が、こぶしほどの小さな器官に入りこむわけである。この縮小による、外界の空間と事物の内在化は、同時に、心臓の小さな空間の拡大・膨張をもたらす。次につづく「広場」のイメージは、前述したように心臓の外在化とうけとってよいだろう。従って、この「広場」は、単に肉体の外部か内部のどちらか一方の空間ではなくて、外界からの求心的な凝集と遠心的な拡散の運動のせめぎ合いの緊張の上に現出する空間であると考えられる。

　このような遠心——求心という、相反する二つの力、逆方向に働く二つのエネルギーの危うい均衡によって成り立つ生命存在を、シュペルヴィエルは好んで描いてきた。次に引く作品「私のなかの夜」 *Nuit en moi...* (『世界の寓話』) においても、「私」je という生命は外界の夜と内部の夜とが入りまじる場として描出されてゆく。このとき「私」という生命の活動は、広大な夜の海にかこまれた小さな舟の航行として捉えられる。

> 私のなかの夜　外部の夜
> 二つの夜はたがいの星々を危険にさらす
> 知らず知らず混ぜ合わせながら
> 私は力いっぱいオールを漕ぐ
> なじみの夜と夜のあいだで
> それから私は手を休めてながめる
> なんて私は遠くにみえるのだろう！

私はかすかな点にすぎない
　　せわしなく鼓動し　呼吸する点
　　とり囲む深い水の上で

　　Nuit en moi, nuit au dehors,

　　Elles risquent leurs étoiles,

　　Les mêlant sans le savoir.

　　Et je fais force de rames

　　Entre ces nuits coutumières,

　　Puis je m'arrête et regarde.

　　Comme je me vois de loin !

　　Je ne suis qu'un frêle point

　　Qui bat vite et qui respire

　　Sur l'eau profonde entourante.

　われわれはここでの「深い水」l'eau profonde を海と受けとったが、それは「力いっぱいオールを漕ぐ」je fais force de rames、「航跡」sillage という言葉があることにもよる。しかし、これは必ずしも海と断定する必要はなく、いわば液状の（おそらく血の）闇ととることもできよう。この闇には羊水のように生命を養う力が潜んでいると思われる。なぜなら、この夜の闇は同時に外の宇宙の闇と、生命という小宇宙の内部の闇とで出来ているからである。

　　夜が私の肉体を手さぐりし
　　しっかりつかまえたと私にいう
　　だが二つの夜のどちらなのか
　　外部のか　それとも内部のか？
　　闇は一つで　循環していて

空と血は一体をなしている

La nuit me tâte le corps
Et me dit de bonne prise.
Mais laquelle des deux nuits,
Du dehors ou du dedans ?
L'ombre est une et circulante,
Le ciel, le sang ne font qu'un.

「闇は一つで　循環していて／空と血は一体をなしている」という表現にもあるように、いまや生命を養う血は空を満たし、同時にその空は「私」jeの体内にも入りこんでいるわけである。「私」という肉体存在は、外界への拡散と内部への凝縮の、相対立する運動の接点にあって、両者の釣り合いに支えられてようやく存在しているにすぎない。だが、このとき「私」が「かすかな点」un frêle pointにすぎないとしても、そういうかたちで「私」は自らの生命の確認を行っているのである。

　「私のなかの夜」Nuit en moi... の引用の最初の部分にもどると、「なんて私は遠くにみえるのだろう！」Comme je me vois de loin ! という一行があるが、「私」の内部を占める血の闇はまた夜の空に他ならないのだから、「私」が闇の空間の遠くから自らの生命存在をながめることもできるのは当然である。ただこの詩の最後の三行にみられるように、「私」という意識の主体が外界の遠方に脱け出ているとき、「私」は見られている場所では disparu しているわけで、そこに見分けられるのは過去の生命活動の跡（sillage）でしかないことになる。意識の、外界への過度に遠心的な拡散は、生命の稀薄化につながる危険のあることを、この三行は示していると思われる。

もう長いこと行方不明だった
　私は自分の航跡を見わける
　かろうじて星あかりに

　　Depuis longtemps disparu,
　　Je discerne mon sillage
　　A grande peine étoilé.

　同じような生命の捉え方は、最初にとりあげた「心臓」とは別の「心臓」(『無実の囚人』 Le Forçat innocent, 1930) と題された作品のなかにみられる。その第三節で、心臓という、生命存在の核をなす器官は次のように描かれる。

　肉の穹窿の下で
　一人ぼっちと思いこんでいる私の心臓が
　囚人のようにもがいている
　牢屋から出ようとして

　　Sous la voûte charnelle
　　Mon cœur qui se croit seul
　　S'agite prisonnier
　　Pour sortir de sa cage.

　「肉の穹窿の下」に囚人のように閉じ込められている心臓が、その牢獄の中から出ようとしてもがいている。心臓の脈動を、囚われの状態から逃れようとする運動とみているのであるが、心臓が余り強くもがき過ぎても、また仮に肉の牢獄の外へ出ることができたとしても、それは心臓自身と、彼をとりまく生命体の死を招くことに

なるだろう。このように心臓は、従って生命体は、外に向かって拡がろうとする内からの力（遠心力）と、内に閉じこめようとする外からの力（求心力）との均衡の上にその存在が維持されているとみることができる。

　この構造は心臓に限られない。シュペルヴィエルは骨についてもほぼ同じような捉え方をする。

　　　──小さな骨よ　大きな骨よ　軟骨よ
　　　もっと残酷な牢屋だってあるのだ
　　　耐えるのだ　荒々しい稲妻よ
　　　私の肉の　とざされた嵐のなかで

　　　— Petits os, grands os, cartilages,
　　　Il est de plus cruelles cages.
　　　Patientez, violents éclairs,
　　　Dans l'orage clos de ma chair.

「オロロン・サント・マリー」 *Oloron-Sainte-Marie*（『無実の囚人』）の一節である。肉の牢獄より残酷な牢獄があるのだから、肉の中に居ることに辛抱せよ、と骨たちに言いきかせているが、次の次の節では、

　　　聞くのだ　暗い上腕骨よ
　　　肉の闇は心地がいい

　　　Ecoutez, obscurs humérus,
　　　Les ténèbres de chair sont douces.

と、肉の闇の居心地のよさを強調する。この骨たちはまた、少し前の節で、

　　私の肉の内に植え込まれた　これらの骨は
　　秘密のナイフのようだ
　　一度も陽光を見たことのない

　　Plantés dans ma chair, ces os,
　　Comme de secrets couteaux
　　Qui n'ont jamais vu le jour :

と、陽光を見たことのないナイフにたとえられている。このナイフ＝骨が外界の光に出会うためには、それが植え込まれている肉を切り裂いて突出するしかないであろう。だがこの骨たちは、肉の中へ樹木のように「植え込まれて」Plantés いる、つまり、求心的な力によって、肉の外へ飛び出る力が阻止されているのである。

　ここで、先の引用詩句の「耐えるのだ　荒々しい稲妻よ／私の肉の　とざされた嵐のなかで」という命令について考えておきたい。「私の肉の　とざされた嵐」l'orage clos de ma chair とは、肉体の激しい怒りや欲情の爆発を指すのであろう。そして「荒々しい稲妻」violents éclairs [2] とは、肉の闇の中でナイフのように輝く骨を暗示しているのであろう。それら骨の連鎖が張りつめて鋭く閃き、ほとばしり出ようとするのに対して「耐えるのだ」Patientez と命ずる行為は、内部のエネルギーの過剰な膨張・拡散への抑制に他ならない。

　ところで心臓はまた、骨の下にも閉じ込められている。これは「肉の中に」と書くのと同じことだろう。「太陽」*Soleil*（『無実の囚人』）には次のように描かれている。

だが私の心臓は骨にはさまれお手上げで　声もでない
　それにいつもおまえに近づこうとあせっている
　それにいつもおまえの光からほんのわずかの闇のなかにいる
　その光は私の心臓を満足させることもできないのだろう

　Mais mon cœur ne peut rien sous l'os, il est sans voix.
　Et toujours se hâtant pour s'approcher de toi,
　Et toujours à deux doigts obscurs de ta lumière,
　Elle qui ne pourrait non plus le satisfaire.

　ここでも心臓は陽光に近づこうと、つまり肉体の外へ出ようと焦っているが、前にも述べたように、この外界への脱出は肉の闇（骨の下）からの解放を意味すると同時に、心臓自身の、また心臓が属している生命全体の死をも意味するのである。陽光への接近という、遠心的な欲求がここでは押しとどめられ、「光からほんのわずかの闇のなかに」à deux doigts obscurs de ta lumière　留まることで、心臓は死への誘惑から免れているのである。前にも引用した「肉の闇は心地がいい」Les ténèbres de chair sont douces　が肉の闇から出ないようにという心臓への要請を含んでいることは、これにつづく詩句に明らかである。

　まだ夢みてはいけない
　死者たちのつややかなフルートを

　Il ne faut pas songer encor
　A la flûte lisse des morts.

　このように死に惹かれることへの、死からの甘美な呼びかけへの

拒絶を促している。同じような促しは、この作品「オロロン・サント・マリー」の最終節にもあらわれる。

そしておまえ　骨のロザリオ　脊柱よ
つまぐる手とてないおまえ
私たちの敵である時間を遅らせるのだ
祈ろう　私たちの瞳の方へ急ぐ
生命のせせらぎのために」

Et toi, rosaire d'os, colonne vertébrale,
Que nulle main n'égrènera,
Retarde notre heure ennemie,
Prions pour le ruisseau de vie
Qui se presse vers nos prunelles 》.

「私たちの敵である時間」notre heure ennemie [3] とは、われわれ人間存在を否応なしに死へと運ぶ時間のことであり、「生命のせせらぎ」le ruisseau de vie を受け入れ、生きつづけるために、その時間の流れを「遅らせよ」Retarde と背骨に命ずるのである。
　シュペルヴィエルの生命把握における、過剰な生命活動の抑制ないし禁止、また拡散と凝縮（あるいは遠心的な運動と求心的な運動）の均衡への努力は、生命が絶えず死の危機にさらされながら、かろうじて生きのびてゆくための精妙な措置であり、その構造が彼の詩作品にどのようにあらわれているかをわれわれはみてきた。彼にとっての人間存在とは、一言でいえば「人間という肉体のなかに小さく身を縮めている無限の巨人たちのような」Comme des géants infinis réduits à la petitesse par le corps humain （「肉体」Le Corps, 『世界の寓話』）生命体に他ならない。この一行にも、「遠心―求心」の相拮抗

する運動のいわば原型的なあらわれがみられる。

　彼の作品に描かれる声や音の小ささや弱さ[4]、また詩人自身の表現における口調のおだやかさ、つぶやくような、ささやくような語り口[5]、そして作品にしばしばあらわれる、ゆるやかで、ひそやかで、時には緩慢な運動への好み、これらはすべて、対立する二つの力の危うい釣り合いの一点にその存在がかかっている生命を形象化するために、詩人によって注意深く選ばれたものである。

　註
1)「詩は私の場合、いつも潜在している夢からやってくる」La poésie vient chez moi d'un rêve toujours latent。(*AP*)
2) ここでも、骨をとりまく肉体が大空とみなされていることは注目に値する。
「闇は一つで　循環していて／空と血は一体をなしている」
《 L'ombre est une et circulante, / Le ciel, le sang ne font qu'un. 》(*Nuit en moi...*) にも、このような肉体内部と外界宇宙との融合がみられた。
3) この一行からボードレールの「敵」*L'Ennemi* を想起することは自然であろう。この《ennemi》は「死」La Mort のことか、それとも倦怠 l'Ennui を指すのか、解釈は分かれるが、le Temps ととるのが妥当であると思われる。ボードレールの場合、le Temps は La Mort, l'Ennui というかたちで存在を貪り、肥えふとる敵なのである。
4) これは、特に血液の流れや鼓動の音を形容するとき、好んで用いられる「内にこもった、鈍い」sourd、「鈍く」sourdement に典型的にあらわれている。
5) これについてはクロード・ロワの次の評言が適確である (*Jules Supervielle*, Poètes d'aujourd'hui, Seghers, 1970, pp. 15-16)。
　　「わずかな数の言葉、それもきわめて簡単で、きわめて身近なものばかり。文章の調子と形態にはほとんど変化がみられない。まず大抵、聞こえてくるのはぶつぶつという嘆きであり、沈黙にしだいに近づき、呑みこまれてしまうおずおずとした問いかけである」Peu de mots, et les plus simples, les plus familiers. Peu de variété dans les tons et les formes syntaxiques : presque toujours, c'est une plainte murmurée qui s'exhale, une interrogation timide qui va rejoindre le silence, se laisse engloutir par lui。
　またロワは、「シュペルヴィエルはなだらかな調べの、そっとつぶやく詩

人である」Supervielle est un poète mélodieux, murmurant (*Op. cit.*, p. 20) とも評している。

シュペルヴィエルの詩と身体感覚

I. 心臓

　ここではまず、「心臓」と題された二篇の詩を細かく分析しながら、シュペルヴィエルの特異な身体感覚を辿り、それに裏打ちされた独自の人間像と宇宙感覚に光をあててゆく（ただ、この二作は「シュペルヴィエルの詩と生命把握」（本書129頁）でもとりあげており、解釈に重複するところがある。しかし別の視点からの違った解釈も混じっており、削除しなかった）。

　詩集『万有引力』 *Gravitations* (Gallimard, 1925) に収められた「心臓」 *Cœur* の前半は次のとおりである。

　　ろうそく一本で充分なのだ
　　その世界を照らすには
　　おまえの生命がそのまわりを
　　鈍い音をたてて巡回している世界を
　　のろい心臓よ　おまえはうちとけてゆく
　　しかも何か分からないものに
　　生まじめな心臓よ　おまえは集約する
　　おまえの一番たしかな所に
　　葉群のない大地
　　馬たちのいない街道
　　顔たちのいない一そうの船

そして水のない波を

Suffit d'une bougie
Pour éclairer le monde
Autour duquel ta vie
Fait sourdement sa ronde,
Cœur lent qui t'accoutumes
Et tu ne sais à quoi,
Cœur grave qui résumes
Dans le plus sûr de toi
Des terres sans feuillage,
Des routes sans chevaux,
Un vaisseau sans visages
Et des vagues sans eaux.

　ジョルジュ・ドゥ・ラ・トゥール Georges de LA TOUR (1593-1652) の絵を想わせる作品である。2行目から3行目の「おまえ (＝心臓) の生命」ta vie が「巡回している」fait […] sa ronde 世界とは何だろう。まず「おまえの生命」とは、心臓が生きて活動している、そのエネルギーを指すのだろう。言いかえれば血液の循環と心筋の鼓動である。また血液は心臓自身をも養っているが故に、心臓の生命そのものであるといえる。したがってこの「世界」は、さしあたりこの心臓が収められた肉体を指すと考えられる。
　ところで「巡回している」と訳した、faire sa ronde は二通りにうけとれる。一つは警官などの巡邏、見回りの意である。心臓は、肉体に血液を循環させながら、その生きている状態を注意ぶかく見守っているのだ。もう一つの意味は「輪舞する」である。ここからは祝祭のイメージが、心臓の生命活動の無償性が出てくる。さらには肉

体全体、生命の存在そのものの無償性という詩人の認識にまでたどりつけるであろう。

こう考えてくると、「何か分からないものに／うちとけてゆく」t'accoutumes / Et tu ne sais à quoi の意味するところが了解されるようだ。「慣れる」「うちとける」s'accoutumer という動詞はある行為の繰返し、持続をあらわしている。その対象が何ものであるかを心臓自身は知らない、というのは、心臓は肉体を生かし、また肉体によって心臓は生かされているにもかかわらず、その生命活動の全体の動機も目的もつかめないことを示しているように思われる。

ところで心臓と、それが生命活動を支えている肉体の世界はたしかに小さい（「ろうそく一本で充分なのだ／その世界を照らすには」）。しかしこの世界が感受し、認識する外の世界、宇宙は果して小さいだろうか。その広大な外部世界を捉え、内に含むことのできる生命存在は、外界に匹敵する宇宙をその内部にもっているといえないだろうか。「葉群のない大地〔…〕水のない波」を「集約する」résumer という表現が暗示している認識は、正にこうした問いに答えるものである。

「おまえの一番たしかな所」le plus sûr de toi とは、どこを指すのだろうか。「たしかな」sûr は、安藤元雄のように「安全な」とした方が適切かもしれない（『シュペルヴィエル詩集』、思潮社、1982）。そこでは存在が消滅の危険を免れることのできる、安全な避難場所——ここでいえることは、肉体にとり囲まれ、その生命活動の中心にいる心臓を通してしか外界は認識され得ないし、外界の存在も始まらなければ意味ももたないという事実である（我々の肉体が存在しなくなったときにも外界は存在するだろう、という確信も、我々の存在がまずあってのことなのである）。このことを「とり囲まれた住居」La demeure entourée（『未知の友だち』Les Amis inconnus, Gallimard, 1934）の次の詩句が端的に示している。

でも星は一人ごとを言う――「あたしは一すじの糸の端っこで
　　ふるえているの
　もし誰もあたしのことを思わなければ　あたしは存在しなくな
　るの」

　Mais l'étoile se dit :《 Je tremble au bout d'un fil,
　Si nul ne pense à moi, je cesse d'exister. 》

　この詩句を引きながら、クロード・ロワ　Claude ROY（1915-）は次のように述べている（*Jules Supervielle*, Poètes d'aujourd'hui, Seghers, 1970）。

　世界を思わなくなること、それは単に自分自身の虚無性に同意することではない。それはまた我々のおかげで存在しているこの宇宙を消滅させることでもあるのだ。

　ところで我々の肉体が外界を内部にとりこむとき、目に映るそのままの形で内在化できるだろうか。シュペルヴィエルにおいては外界はより永続的な形で、つまり滅びやすい付属物を除いた、ある原初的な存在形態のもとに集められる。「葉群のない大地」、「馬たちのいない街道」、「顔たちのない船」、「水のない波」がそれである。「葉群」、「馬」、「顔」、「水」はそれぞれ滅びやすい存在である。とはいえ、それらを一たん提示しておいて、消去することでそれらの残像が生み出される。しかも単に「道」、「船」などとするときの抽象性が弱められている。このような消去法はシュペルヴィエルが好んで用いる詩法の一つで、このことにより対象の事物は実在の重みを少しなくして、存在と不在のあわいをさまよい始めるのである。またそれはらは、外界と内界の境目を自由にゆききできるようになるのである。この手法はたとえば「炎の尖端」*Pointe de flamme*

(『万有引力』) において鮮やかな効果をあげている。

　少し脇道にそれるが、やはりドゥ・ラ・トゥール風の美しい小品なので読んでみよう。

　　一生を通じて　彼は
　　本を読むのが好きだった
　　ろうそくの灯で
　　それからよくかざすのだった
　　手を炎の上に
　　自分に言いきかせるために
　　生きている
　　生きているんだ　と

　　死んだ日からもずっと
　　彼は自分のかたわらに
　　ろうそくを灯している
　　でも　両手は隠したまま

　　Tout le long de sa vie
　　Il avait aimé à lire
　　Avec une bougie
　　Et souvent il passait
　　La main dessus la flamme
　　Pour se persuader
　　Qu'il vivait,
　　Qu'il vivait.

　　Depuis le jour de sa mort

Il tient à côté de lui
Une bougie allumée
Mais garde les mains cachées.

　闇のなかに、蠟燭の炎に照らされ血管まで透けてみえるような手が浮かぶのも束の間、そのイマージュも最後に否定されることによって闇のなかに沈む（「「でも　両手は隠したまま」」）。しかし、その残像は我々の脳裡から消えることはない。また、この消去法によって闇は一層深まり、同時に蠟燭の炎も一際その輝きを増すかのようである。さらにいえば、この闇は詩の話者と読者の我々が生きているこの世のものか、「彼」il の棲む死者の国の闇なのかも分らない。シュペルヴィエルの詩世界に親しい、生者の世界と死者の世界の境を取り払った自在な空間がここにあらわれている。この空間でこそ、死者の「彼」が蠟燭に火を点すことも許されるといえよう。

　ところで、自らの心臓に「おまえ」toi、あるいは「あなた」vous と呼びかけることは、ひるがえって考えれば奇妙な行為である。擬人法だからそういうのではない。呼びかける「私」という存在に心臓も属しているからである。心臓は、呼びかける主体である「私」の一部であり、真の他者ではないからである。「おまえ」と呼びかけることで、「私」と心臓との間に距離が生まれるが、心臓はいわゆる客体（objet）にはついになり得ない。かくして「私」は「心臓」ではないが、「心臓」でもあるといえるのである。少なくとも「私」はそのことを知っている。だが「心臓」は知らない。「私」はまた「おまえ」が「心臓」と命名されていることを知っているが、言葉をもたない「おまえ」は「私」を名付けることも知らない。知らないままに、「心臓」と名付けられた「おまえ」が「私」を養い、「私」を形成する中心的な要素となっている。詩集『無実の囚人』 Le Forçat innocent (Gallimard, 1930) 所収の「心臓」 Cœur を

読んでみよう。まず第一節から。

 彼は私の名まえを知らない
 私が主人であるこの心臓は
 彼は私については
 未開地帯しか知らない
 血でできた高い台地よ
 禁じられた厚みよ
 どうやってあなたを征服すればよいのか
 あなたに死を与えずに
 どうやってあなたを遡ればよいのか
 水源へと帰ってゆく
 私の夜の河たちよ
 魚のいない
 だが熱くもえる優しい河たちよ
 私はあなたの周囲をめぐるが
 接岸できない
 はるかな浜辺のもの音よ
 おお私の陸地の流れよ
 あなたは私を沖へ追いやる
 けれども私はあなたなのだ
 私はあなたでもあるのだ
 私の荒々しい岸辺よ
 私の生命の泡よ

 Il ne sait pas mon nom
 Ce cœur dont je suis l'hôte,
 Il ne sait rien de moi

Que des régions sauvages.

Hauts plateaux faits de sang,

Epaisseurs interdites,

Comment vous conquérir

Sans vous donner la mort,

Comment vous remonter,

Rivières de ma nuit

Retournant à vos sources,

Rivières sans poissons

Mais brûlantes et douces.

Je tourne autour de vous

Et ne puis aborder,

Bruits de plages lointaines,

O courants de ma terre

Vous me chassez au large

Et pourtant je suis vous.

Et je suis vous aussi

Mes violents rivages,

Ecumes de ma vie.

　この詩は三節あり、シュペルヴィエルのの作品のなかで長い方だが、この一節だけでも、『万有引力』所収の「心臓」より空間的に広大で、描写も精細になっているのが認められる。4行目の「未開地帯」des régions sauvages とは、心臓の周辺、「私は思い出す…」 *Je me souviens...* で「この熱い　ぶつぶつ呟いている四辻」ce chaud murmurant carrefour (『未知の友だち』) と比喩された所、我々の肉体の闇のなかの内蔵のつまった空間を指すのであろう。詩集『世界の寓話』 *La Fable du Monde* 所収の「肉体」 *Le corps* で次のように描出

される肉の空間である。

〔…〕我々の器官のこれ以上むき出しようのない裸体
血まみれの馬小屋にうち捨てられたこれらのけものたち

〔…〕l'extême nudité de nos organes
Ces bêtes à l'abandon dans leur sanglante écurie.

「私」は今や、「私」の肉体の諸器官を客体としてながめ、命名し分類する、極めて高度な意識存在にまでいわば進化したわけだが、「私」のなかの肉体という原初の野生の部分をよく知っているのは、「私」ではなくて「心臓」なのだ。その「心臓」も含めて、諸器官と血でできた「未開地帯」から遠ざかってしまった「私」には、もはや、もう一度その生命の初原のかたちにたちもどることも、その状態を自分にとりもどすこともできない。この状態とは、おそらく存在が、意識と無意識に分裂する以前の、楽園状態を暗示しているのであろう。「あなたは私を沖へ追いやる」Vous me chassez au large（18行目）とあるように、「私」は「私の陸地」ma terre、確固とした生命空間から追放された存在に他ならない。その陸地は熱い血が音をたてて流れ、めぐり、泡立つ、荒々しい活力にみちた所であり、しかもその血の河は、自らの「水源へと帰ってゆく」Retournant à vos sources すべを知っているのである。（これは、心臓から送り出された血が、体内を経巡ったのち送り返され、浄化されて心臓に帰り、あらためて生命力の源になる回帰の旅を指しているのであろう。）

第一節は「私はあなたなのだ」je suis vous と、「私」の「心臓」との同一性の再確認で終る。ここには意識が形而下の世界と未分化であった頃の、至福の状態への回帰の願望がこめられているように

思われる。
　第二節に移ろう。

　　　女の美しい顔よ
　　　空間にとり巻かれた肉体よ
　　　あなたはどんな風にしたのか
　　　広場から広場へと移りながら
　　　この島へ入ってゆくために
　　　私には近づけず
　　　日ましに
　　　音が鈍くなり　異様になってゆく
　　　島へ足を踏み入れるために
　　　自分の住居へのように
　　　さあ本を取る時がきたと
　　　あるいはガラス窓を閉める時がきたと
　　　手をのばすためにどんな風にしたのか
　　　あなたはゆく　あなたはくる
　　　あなたはおちつきはらっている
　　　あたかも　あなたが
　　　一人の子供の眼だけを追いかけているかのように

　　　Beau visage de femme,
　　　Corps entouré d'espace,
　　　Comment avez-vous fait,
　　　Allant de place en place,
　　　Pour entrer dans cette île
　　　Où je n'ai pas d'accès
　　　Et qui m'est chaque jour

Plus sourde et insolite,
Pour y poser le pied
Comme en votre demeure,
Pour avancer la main
Comprenant que c'est l'heure
De prendre un livre ou bien
De fermer la croisée.
Vous allez, vous venez,
Vous prenez votre temps
Comme si vous suivaient
Seuls les yeux d'un enfant.

　ここでは、心臓が「島」として捉えられている。第一節にも述べられていたように、「私」は心臓とは切り離された存在である。ところが、美しい女の顔は、またその肉体は、たやすくこの「島」へ、生命の核心へ入りこむことができる。その肉体は単独で存在しているわけではなく、「空間にとり巻かれて」entouré d'espace いる。つまり広大な外界と共に生きているのだから、小さな心臓の島へ入るのが困難なはずである。にもかかわらず本を読んだり、窓を閉めるという日常の動作を行うことができるのである。ところで、「私」の心臓のなかを自由に往来している美しい女は「おちつきはらっている／あたかも　あなたが／一人の子供の眼だけを追いかけているかのように」の意味するものは何だろうか。これはおそらく、いずれ母親になる女のイメージであろう。この第二節で、かなり唐突に出てくる女性は、恋人であると思われる。「私」が近づくことのかなわぬ心臓に、愛する女性は入りこむすべを知っている。そしてその心臓（＝血）と結合して、「子供」をなし母親になることができるのだ。

第三節は次のとおりである。

　　肉の穹窿の下で
　　一人ぼっちと思いこんでいる私の心臓が
　　囚人のようにもがいている
　　牢屋から出ようとして
　　もしもいつか彼に
　　言葉を使わずに言えたらなあ
　　私がその生命の周囲に
　　輪をえがいているのだと！
　　私のしっかり見開いた眼によって
　　彼のなかへ降下させることができればなあ
　　世界の表面と
　　すべてのはみ出るものを
　　波と空を
　　頭たちと眼たちを！
　　少なくとも私にできないだろうか
　　一本の細いろうそくで
　　彼女を半ば照らし出し
　　彼に闇のなかで見せることが
　　彼のなかで生きている女を
　　森の奥でのように
　　しかも一度も道に迷うこともなく

　　Sous la voûte charnelle

　　Mon cœur qui se croit seul

　　S'agite prisonnier

　　Pour sortir de sa cage.

Si je pouvais un jour
Lui dire sans langage
Que je forme le cercle
Tout autour de sa vie !
Par mes yeux bien ouverts
Faire descendre en lui
La surface du monde
Et tout ce qui dépasse,
Les vagues et les cieux,
Les têtes et les yeux !
Ne saurais-je du moins
L'éclairer à demi
D'une mince bougie
Et lui montrer dans l'ombre
Celle qui vit en lui
Comme au fond des forêts,
Sans s'égarer jamais.

「私」も「心臓」も、孤独で、互いにコミュニケーションができない。「私」はただ、外なる宇宙を「心臓」の内部に送りこむことが「いつかできたらいいのに」Si je pouvais un jour と願うばかりなのである。そしてこれも推測の形ではあるが、「心臓」をろうそくで照らし出してその中に生きている女性 (第二節に登場した) を「心臓」自身にみせたいが、できるだろうか、と自問するのである。ただはっきりしているのは、この女性は、第二節でもみたように、心臓という生命の森の奥にいながら、「一度も道に迷うこともなく」Sans s'égarer jamais と断言できるほど、「私」とではなく「心臓」と一体化できる、と詩人が考えていることである (「道に迷うこと

がない」は、第二節の「あなたはおちつきはらっている」Vous prenez votre temps に照応する）。

II．周辺と中心

「シュペルヴィエルの詩と生命把握」のII（本書132頁）では、シュペルヴィエルの作品にみられる外界と内界の区別の曖昧さについて考察した。またこの手法にともなう外界の内在化、そして同時におきる内部世界の外在化についても言及したが、この問題にかんしては考察を深められなかった。そこでまず、この外界と内界の混淆、さらには転換という、シュペルヴィエルの詩法の原型の一つを明らかにしておきたい。

この問題を考えるとき、生命体を「周辺と中心」という構造から捉えようとする詩人の手法が浮かびあがってくる。このとき、entourer（とり囲む）、autour de～（～の周囲に）などの語句が好んで用いられることにまず注目したい。

例えば彼にとって、我々の存在とは「とり囲まれた住居」 La Demeure entourée（『未知の友だち』、1934）であり、女性の肉体は「空間にとりまかれて」いる Corps entouré d'espace（*Cœur*、『無実の囚人』、1930）。また生命は、心臓という世界の周囲をもめぐっている〔…〕le monde / Autour duquel ta vie / Fait sourdement sa ronde（*Cœur*、『万有引力』、1925）。autour de～と同様に重要なのが alentour（周辺に）という語である。「私の心臓が…」 Mon cœur...（『未知の友だち』）に、次のような心臓への呼びかけがある。

「〔……〕
私たちの夜の奥の　森のなかへまた出かけよう
生命は周辺にある　危険が待ち伏せる
生きている人の心臓であり続けねばならぬ」

《 〔…〕
Au fond de notre nuit repartons dans nos bois,
La vie est alentour, il faut continuer
D'être un cœur de vivant guetté par le danger. 》

　ここでも、闇の奥の森は肉体の外にあるのか、それとも内部にあるのか、は明示されていない。ただその森では、「生命は周辺にある」La vie est alentour というのであるから、森は肉体の、あるいは心臓の暗喩と考えることができよう。ここで思い出されるのは前にふれた Cœur (『無実の囚人』) の最後の３行である。

彼〔＝心臓〕のなかで生きている女
森の奥でのように
しかも一度も道に迷うこともなく

Celle qui vit en lui
Comme au fond des forêts,
Sans s'égarer jamais.

　ここでの森は、心臓を指していると考えられる。従って、森の樹木とその枝や根は血管をあらわしていると思われる。本来、外部空間にあるはずの森が、心臓の等価物として用いられることによって内在化され、そのおかげで森は血液の循環する生命体と化すのである。シュペルヴィエルの世界でしばしばこうした外界と内界のいわば相互滲透ともいうべき作用がおこり得るのは、外界と内界の境界が曖昧でほとんど存在しないに等しいからである。「私のなかの夜…」Nuit en moi,... (『世界の寓話』) は、このことをはっきりと示している。

私のなかの夜　外部の夜
　二つの夜はたがいの星々を危険にさらす
　知らず知らず混ぜあわせながら

　Nuit en moi, nuit au dehors.
　Elles risquent leurs étoiles,
　Les mêlant sans le savoir.

このように「私のなかの夜」と「外の夜」とは混じりあい、区別がつかない。

　夜が私の肉体を手さぐりし
　しっかりつかまえたと私にいう
　だが二つの夜のどちらなのか
　外部のか　それとも内部のか？

　La nuit me tâte le corps
　Et me dit de bonne prise.
　Mais laquelle des deux nuits,
　Du dehors ou dedans ?

このとき生命活動は、二つ（外部と内部）の夜の境界をゆく航海として捉えられる。

　私は力いっぱいオールを漕ぐ
　なじみの夜と夜のあいだで

　Et je force de rames

Entre ces nuits contumières.

　それゆえこの世界では、生命は「私」の肉体のなかの闇のみならず外の宇宙の闇とも分かちがたく結びついており、そのどちらかが欠けても生命は存続できなくなるにちがいない。

　　闇は一つで　循環していて
　　空と血は一体をなしている

　　L'ombre est une et circulente,
　　Le ciel, le sang ne font qu'un.

「大空」は「私」という生命存在の内なる宇宙に充満し、「私」の血に養われている。と同時に「血」は、外界の「大空」を巡り、天体とともに鼓動し、ともに運行している——これはシュペルヴィエルが存在を捉えるときの、根本的な認識を示しているといえよう。その認識が集中的に、総合的にあらわれた作品が「肉体」 *Le corps*（『世界の寓話』）である。

　　ここでは宇宙が人間の深い体温のなかに庇護されている
　　そしてかよわい星々が天上の足どりで進んでいく
　　皮膚が通り抜けられたとたんにのさばる闇のなかで

　　Ici l'univers est à l'abri dans la profonde température de l'homme
　　Et les étoiles délicates avancent de leurs pas célestes
　　Dans l'obscurité qui fait loi dès que la peau est franchie,

「皮膚が通り抜けられたとたんにのさばる（＝掟になる）闇のなか

で」、肉体と外界宇宙とが混じりあい、たやすく交換される。無限の宇宙が小さな人間の肉体に縮小されると同時に、小さな肉体が無限大に拡大される——この相反する二つの力の均衡する場所、「周辺—中心」の二方向に向かう運動がかろうじて釣りあう地点に存在はその生命を保っているわけである。

　　　　そして私たちは絶えずこの内面の広大無辺さに脅かされている

　　　　Et nous sommes toujours sous le coup de cette immensité intérieure

　この均衡が破られるとき、生命存在は存亡の危機にさらされることになるだろう。縮小しすぎれば、存在は微少な点となり、運動することをやめるかもしれない。それは存在の消失あるいは死を意味する。

　　　　私たちの世界が　疑惑におそわれて
　　　　私たちの内部で急速に後ずさりし　微小になり消え失せようと

　　　　Même quand notre monde, frappé de doute,
　　　　Recule en nous rapidement jusqu'à devenir minuscule et s'effacer,

　逆に我々の存在が拡大されすぎるときも、我々は自らの消滅を招くことになるだろう。
　拡大と縮小という、二つの運動に引き裂かれながら、あやうく生き延びている生命——たえず消滅の、死の危険におびやかされている脆い生命は、シュペルヴィエルが好んでとりあげたモティーフである。

III. のろさ

シュペルヴィエルの詩世界においては、特に「生命」が主題となるとき、過剰な生命活動に対する抑制あるいは禁示の働きをする存在が登場してくることは、すでに「心臓」Cœur (『万有引力』) を分析した際に指摘した (本書129頁) が、これと同じような意図をもつと思われる表現がいくつかの作品にみられるのは興味ふかい。それは、「遅い」「ゆるやかな」lent、あるいは「ゆっくりと」lentement という形容である。最初にふれた「心臓」には、次のような心臓への呼びかけがある。

のろい心臓よ　おまえはうちとけてゆく
しかも何か分からないものに

Cœur lent qui t'accoutumes
Et tu ne sais à quoi,

心臓の運動を速いととるか、遅いととるかはきわめて主観的な判断にもとづくはずである。シュペルヴィエルが心臓のことをわざわざ「のろい」というのは、実際にその活動がゆっくりであるかどうかとは関係なく、そう捉えることによって彼は自らの生命認識のあり方を示したのだと思われる。

すなわち、心臓の膨張・収縮が速すぎると、心臓は死に近づく危険がある。だから、その運動はゆっくりでなければならない。「オロロン・サント・マリー」Oloron-Sainte-Marie (『無実の囚人』) の最終節で、詩人が我々の肉体を内部の闇にいて支え、我々の生命を養う血をつくる「背骨」colonne vertébrale にむかって「私たちの敵である時間を遅らせるのだ」と命令するのも、同じ理由からであろう。

私たちの敵である時間を遅らせるのだ
　　　祈ろう　私たちの瞳の方へ急ぐ
　　　生命のせせらぎのために」

　　Retarde notre heure ennemie,

　　Prions pour le ruisseau de vie

　　Qui se presse vers nos prunelles 》.

　このように時間の通常の歩みを遅くすることは、「生命のせせらぎ」le ruisseau de vie をゆるやかにうけとめ、時間がもたらす死の到来を遅らせることになる。
　ここでやや唐突にあらわれる「私たちの瞳」nos prunelles とは、「私たちの皮膚の唯一のひび割れ（である私たちの眼）」(nos yeux,) seules félures de notre peau（「肉体」Le corps、『世界の寓話』）であり、外界を映し、広大な宇宙や恋愛の対象をみつけるのにきわめて大切な器官に他ならない（後にふれる「オロロン・サント・マリー」では、「血」と「見ること」が等価物とみなされる）。見る、という根源的な生命活動を支える「私たちの瞳」をめざして、「生命のせせらぎ」（これは血の流れを暗示していよう）が「急ぐ」のは、私たちの眼に生きるエネルギーを供給するためである。「祈ろう」prions という我々への呼びかけには、このせせらぎが急ぐあまり氾濫や涸渇を招くことのないように—そんな願いがこめられているといえよう。
　だが、lent であることも、ゆきすぎると生命活動の衰退を招き、やがてはその麻痺・停止、つまり死に至る危険をはらんでいる。「振りかえるな…」Ne tourne pas la tête...（『無実の囚人』）にあらわれる「重たい石のようにおまえから離れる」「心臓」は、正に運動が止まった心臓—したがって生命全体の死を象徴している。

シュベルヴィエルの詩と身体感覚

　そのまま動かないで　おまえの心臓がおまえから
　重たい石のように離れるまで待てるようにおなり！

　Reste immobile, et sache attendre que ton cœur
　Se détache de toi comme une lourde pierre.

ここで Lenteur が擬人的に用いられた作品をとりあげてみよう。「私のまわりの「ゆるやかさ」が…」 *La Lenteur autour de moi...* (『世界の寓話』) がそれである。

　私のまわりの「ゆるやかさ」が
　家具の上に網をかぶせ
　光と　なじみの物たちを
　囚えてしまう

　La Lenteur autour de moi
　Met son filet sur les meubles
　Emprisonnant la lumière
　Et les objets familiers.

　ここでは「私」をめぐる時間の流れの遅さが、漁師のような存在として描かれている。この「ゆるやかさ」が「家具の上に網をかぶせ」るとき、「光」も「なじみの物たち」も同じのろい歩みに魚類のように捕えられるのである。だが見方を変えれば、そのようにしてはじめて世界と事物は存在が確保される、と詩人は考えているわけである。
　これと関連して、もう一つ lent が面白い使われ方をしている例を「魚たち」 *Les Poissons* (『未知の友だち』) からとりあげてみよう。

深い入江のなかの魚たちの記憶
私はここにいておまえたちのゆるやかな思い出をどうすること
　ができるのか

Mémoire des poissons dans les criques profondes,
Que puis-je faire ici de vos lents souvenirs,

　入江の深みに見えた魚影の、はっきりしない、つかみどころのない姿が、記憶の闇の底からゆっくりと浮かびあがってくる思い出として描出されている。この「ゆるやかな思い出」lents souvenirs とは、思い出がおとずれる時間的なのろさと同時に、（魚たちの）記憶が明瞭なかたちをとるまでの動きの緩慢さを指しているように思われる。ここでも、意識が対象を知覚し、記憶することによって世界を内在化し、保持するためには、思い出すという行為が過度に速く行われてはならない、と詩人は考えているかのようだ。
　シュペルヴィエルにおいては、こうした思い出のおとずれが、ちょうど夢の出来事のような鮮明さと曖昧さをもっているのだが、この思い出と夢が出会うことがある。「魚たち」Les Poissons の第二節は、次のように始まる。

なのにおまえたちは私の夢に何を問いにくるのか
まるで私におまえたちが救えるとでもいうように？

Alors que venez-vous interroger mes rêves
Comme si je pouvais vous être de secours ?

　詩人自身、彼の持論「詩法を夢みながら」*En songeant à un art poétique*（『誕生』*Naissances*, 1951）のなかで、「詩は私の場合、いつも潜

在している夢からやってくる」La poésie vient chez moi d'un rêve toujours latent と述べ、その夢の恒久性と自らの記憶力の悪さのおかげで世界に対する新鮮な感動が保たれている——そんな意味のことを告白している。

　世界を前にしたときの私の讃嘆ぶりに驚く人もあるようだが、それが私に訪れるのは、いつも同じ程度に夢と、悪い記憶力からである。両者が相たずさえて私を驚きから驚きへと伴い、何に対しても驚くようにいつまでも仕向けるのである。

On s'est parfois étonné de mon émerveillement devant le monde, il me vient autant de la permanence du rêve que de ma mauvaise mémoire. Tous deux me font aller de surprise en surprise et me forcent encore à m'étonner de tout.

　彼の詩作（ということは彼の存在認識あるいは世界の把握）にとって、夢と、（ゆるやかな、あるいはのろい）思い出がいかに重要であるかをよく示した文章である。

Ⅳ．血

　前章では、シュペルヴィエルの詩法の特質について考察したが、もう一度その身体感覚のあり方を、「心臓」の周辺に的をしぼってみてゆくことにする。ここでは、生命の最も重要な核ともいうべき心臓それ自体を、また同時にその心臓の働きによって生きている生命全体をも潤し、養っている「血」について考えてみたい。
　詩集『誕生』 *Naissances* (Gallimard, 1951) に「血」 *Le Sang* という作品がある。詩人の考えている血にとって、心臓は山であり、人間の肉体は「果樹のない平原」である。

私の血は私の心臓を自分の山と取りちがえ
　　軽やかな音をたてながら注ぎ入る
　　この果樹園のない人の平原のなかへ
　　平原は女友達を探し求める肉体を生じさせる

　　Mon sang a pris mon cœur pour sa montagne
　　Et se déverse avec un bruit léger
　　Dans cette plaine humaine et sans vergers
　　Qui fait le corps cherchant une compagne,

　心臓＝山とみなされているといっても、そこに外界の通常の山と水の流れとの位置関係を想像してはならないだろう。なぜならこの山（＝心臓）は、肉体とその全体を循環する血液によっていわばまるくとり囲まれており、血液は肉体のあらゆる末端から中心の頂きに向かってのぼり、降ってゆくからである。ところで、こうした血の活動は何か目的を持っているのだろうか。彼にとって、血とはただ単に肉体（心臓はもちろん、血そのものも含めて）の維持だけでなく、異性の血（＝肉体）を探すという役割も持っている。「女友達」une compagne に出会い、結ばれるということは、血が別の血を知り、これと結合することに他ならない。

　　血はただ自分だけのために流れてはいない
　　でないとほら屍衣のように青ざめてしまう

　　Le sang ne coule pas pour lui tout seul
　　Ou le voilà blafard comme un linceul,

　血が異性を求めるのではなく、「ただ自分だけのために流れる」

ならば、その血は生命力を失い、死に近づくだろう。

　ここで、「心臓」Cœur（『万有引力』）における「屍衣に一層近づいた心臓／大人の心臓よ」Cœur plus près du linceul / Cœur de grande personne を思いおこしてもよい。また、別の同題の作品（Cœur『無実の囚人』）の、（男性の）心臓のなかに入りこんで住む女性のイメージを重ねあわせてみることも許されよう。

　　彼〔＝私の心臓〕のなかで生きている女
　　森の奥でのように
　　　しかも一度も道に迷うこともなく

　　Celle qui vit en lui
　　Comme au fond des forêts,
　　　Sans s'égarer jamais.

　このように恋人あるいは妻を得るということは、その女性が「私」の心臓のなかに入りこみ、「私」の血と融けあうことにほかならない、と詩人は考えているのである。その「私」にとっての女性とは、前述したように「私」の血の渇きをいやし、「私」の血が「屍衣のように青ざめる」le voilà blafard comme un linceul、つまり死に近づくことから救ってくれる「生命の泉たち」les sources de la vie なのである。

　　周辺を見わたし　過つことなく
　　血は遠くの生命の泉たちに狙いをつける
　　そしていつも最もやさしい闘いにそなえていて
　　うっとりとした岸辺へとすべり落ちようとしている

Autour de lui et ne se trompant pas

Il vise au loin les sources de la vie,

Et toujours prêt aux plus tendres combats

Va dévalant vers les rives ravies.

　この「最もやさしい闘いに」aux plus tendres combats とは両性の愛のかけひき、あるいは抱擁を指している。それは、個の死を超えて、生命をうけつぎ延長してゆく子供の誕生をもたらす、血と血の甘美な争いなのだ。「うっとりとした岸辺」les rives ravies とは、「私」の血が注がれるのを待ちながら喜びにふるえている女体に他ならない。もっとも、こうした性の快楽に両性は一種の後ろめたさを覚えないわけではない。それゆえ「この純粋な子供」*Ce pur enfant*（『誕生』）という作品で、詩人は、この子供は「快楽とどんな関係があるのだろう」と問いかけるのであろう。

　　この純粋な子供　清浄の薔薇は
　　快楽とどんな関係があるのだろう？
　　贅沢な無垢として
　　私たちの感覚の狂乱に終止符をうちにゆかねばならなかったのか？

　　Ce pur enfant, rose de chasteté,
　　Qu'a-t-il à voir avec la volupté ?
　　Et fallait-il qu'en luxe d'innocence
　　Allât finir la fureur de nos sens ?

　いずれにせよ、子供の誕生は両性の「心臓」を「愛」が「攻略した」avoir pris le cœur d'assaut 結果である、と詩人が考えていること

は注目に値する。

　私たちの心臓を攻略したあと
　愛は揺りかごの主に変わる

　Après nous avoir pris le cœur d'assaut
　L'amour se change en l'hôte d'un berceau.

　ここで気をつけておきたいのは、cœur が単に「心臓」だけでなく、「心」をも指している点である。そうでなければ「愛」L'amour という語、また第二節の「愛の神秘」notre amoureux mystère、さらには「私たちの秘密」Notre secret のような表現は生まれなかったであろう。また子供を、「清浄の薔薇」rose de chasteté として、「私たちの感覚の狂乱に終止符をうちにゆかねばならなかった」存在としては捉えていなかったであろう、と思われる。「私たちの感覚の狂乱」la fureur de nos sens とは性感の昂揚のことで、その果てに生まれる新しい命が「贅沢な無垢」luxe d'innocence であり、それが「感覚の狂乱」に終りを告げるのである。
　先に「私たち（＝父母）」の後ろめたさについて述べたが、上にも引いたように「愛が揺りかごの主（＝子供）に変わる」L'amour se change en l'hôte d'un berceau と、「私たちは」「私たちの秘密（＝子供）をただ見つづける」ことしかできないのである。

　それで私たちは二人ともただ見つづけるだけ
　　すっかり漏れもし　しっかり守られもしている私たちの秘密を

　Et nous restons tous deux à regarder
　Notre secret si mal, si bien gardé.

それは子供が「清浄」そのもの（rose de chasteté）で、その「丸いおなか」は「どんな悪意ももたない」Ventre rond sans aucune malice のに対して、「私たち」両親はすでに純粋無垢ではなくなっているからであろうし、さらには「私たち」の生命と愛は子供の肉体にうけつがれ、「私たち」の役割りはほぼ終り、以後「私たち」は死を待つだけだからであろう。

　　これからのち　この新しい肉のなかで
　　私たちの愛の神秘がもがくのであろうか？

　　Dorénavant en cette neuve chair
　　Se débattra notre amoureux mystère ?

「これからのち　この新しい肉のなかで／私たちの愛の神秘がもがくのであろうか」——子供の肉体が「私たち」父母の愛の行為の結晶であり、その新しい生命を産みだすという神秘的な力が子供の存在のなかで育ち、やがてまた異性を求めて、生命を伝えてゆくのであろう。なぜなら血について既にみたように、生命存在は、それ自体だけでは生き続けることができず、伴侶が見つけられないときは「屍衣のように青ざめてしまう」からである。

Ⅴ．渇きと癒え

　このように我々の肉体（心臓や血や骨）は、個々では生きることのできない、決定的な欠落をかかえた不完全な存在であり、常に異性の心臓や血を求めて渇いている生命体なのである。シュペルヴィエルは「オロロン・サント・マリー」で、死者たちに向かって次のように話しかけている。

あなたたちは血から癒えている
私たちを渇かせるあの血から
あなたたちは癒えている
海や空や森を見ることから

Vous êtes guéris du sang
De ce sang qui nous assoiffe,
Vous êtes guéris de voir
La mer, le ciel et les bois.

　この詩句はシュペルヴィエルの生命観、存在論の根底をなす、極めて重要な思想を含んでいるように思われる。我々の生命を内部から充たし、生かしめている血そのものが「病い」として捉えられているのである。「あなたたち（＝死者）は血から癒えている」とあり、その「血（＝病い）」は「私たち（ののど）を渇かせる」のであるが、その「血」はまた「私たち」という存在そのものに他ならない、と言っても過言ではないからである（「心臓」（『無実の囚人』）の詩句「けれども私はあなたなのだ／私はあなたでもあるのだ」Et pourtant je suis vous. / Et je suis vous aussi という、心臓への語りかけを想起しておきたい）。
　ところで、「私たち」は何に対する渇きを病んでいるのか。その答えは、上記引用の3・4行目「あなたたち（＝死者）は癒えている／海や空や森を見ることから」Vous êtes guéris de voir / La mer, le ciel et les bois にはっきりと示されている。このように、外部世界を見ることと血とが、等しいものとして表出されているのである。外なる宇宙を見ることがなぜ病いであるのか。すでにいくつかの作品で考察してきたように、シュペルヴィエルにあっては見るという行為は、外界を内在化させ肉化させる——とりわけ我々の肉体の内

なる心臓や血にいわば融けこませることであった。それはまた同時に、外界の風景や事物に我々の肉体（とりわけ血）を滲透させ、これらに有機的生命を与えることでもあった。小さな肉体という視点からみれば、内部の宇宙的な規模の拡大である。この外界にはむろん多くの他者や女性も含まれている。見ることは、今述べたように外部を縮約し（résumer）とりこむことで内部を充たし、一方では逆にその行為を通して外部に生命を吹きこむことであったが、外部の事象は無限に大きく、多いのだから、見るという欲望に充足が訪れることは決してないだろう。この限りない渇きこそ、血（＝〔我々〕生命存在）の生存を規定する不可避の条件に他ならず、この「病い」は死によってしか治ることはないだろう。この「生存＝病い」の内容を、次の節でもっと詳しく見てみよう。

　　あなたたちはもう縁を切っている　唇とも　唇からもれる理屈
　　　やその口づけとも
　　どこにでもついてくるが私たちをなだめてくれない私たちの手
　　　とも
　　伸びる髪　割れる爪とも
　　そして　固い額の裏で移り変わる私たちの精神とも

　　Vous en avez fini avec les lèvres, leurs raisons et leurs baisers.
　　Avec nos mains qui nous suivent partout sans nous apaiser,
　　Avec les cheveux qui poussent et les ongles qui se cassent.
　　Et, derrière le front dur, notre esprit qui se déplace.

　ここで、死者とは無縁になった他者や自己の存在が、一個の存在全体としてではなく、ほとんど肉体の部位から捉えられていることは示唆的である。つまり、「唇」les lèvres、「手」nos mains、「髪」

les cheveux、「爪」les ongles、「固い額」le front dur が、ばらばらに登場している。ここには視覚のみならず、聴覚（「唇からもれる理屈」leurs raisons）や触覚（「口づけ」leurs baisers はもちろん、「手」nos mains も加えられよう）の対象も描かれているが、みな対象の全的な知覚や所有を拒む、あるいはそれが拒まれているものばかりである。「唇」にかかわる理屈や口づけが、どれほど確実な約束や充足を、その唇を渇望する存在に与えるだろうか。「私たちの手」は「どこにでもついてくるが私たちをなだめてくれない」(Avec) nos mains qui nous suivent partout sans nous apaiser。「伸びる髪」les cheveux qui poussent は必ずしも負のイメージではないが、爪と同じように切られては伸びる、しかも痛みを感じない無機的な部位に他ならない。「割れる爪」les ongles qui se cassent は、先ほどの「手」とともに、求める対象を完全には所有できないであろう。「固い額の裏で場所を変える私たちの精神」(Et,) derrière le front dur, notre esprit qui se déplace は、硬直化し、しかも移ろいやすいために、我々にはその本質を捉えることができず、またその働きにもかかわらず外部も内部も確かには理解し、把握することもできない精神を指していると思われる。そうした限りなく不充足な渇望にさらされた人間存在が健康をとりもどすには、死者になるしかない、と詩人は考えているようである。

『沖の小娘』における円環

　この短篇小説を幻想的と形容することはたやすい。この《ただよう通り》rue flottante　が一つあるだけの小さな村、大西洋沖の《船乗りの誰ひとりとして、望遠鏡を使っても、認めることはおろかその存在を想像さえもしたことのない》村　[...] nul marin, même au bout d'une longue-vue, n'avait jamais aperçu le village ni même soupçonné son existence──そこで十二歳の一人きりの少女が《水の道》rue liquide　を歩いたり、《太鼓》tambour をたたいたり、学校で勉強したり、一通りの日常生活をするという設定のもとに、詩人は不思議に透明な悲哀感を湛えた空想の世界を織りあげてゆく。しかしここで、現実にこの地上でそういう村、そういう少女が存在し得るか否かを議論しても何ら得るところはないだろう。最初の一節は全て問いかけの形であるが、いきなり我々読者の脳裡にこの《ただよう通り》や家々、鐘楼や魚や木靴の少女をつくり出してしまうのである。そのように我々の内部に、あるイメージを一たび喚起してしまえば、それがいわゆるレアリスムの作品によるのであれ、シュールレアリスムのあるいはファンタスティックな作品によるのであれ、我々一人一人の内部での実在感が問題なのであって、この場合、写実主義的な作品の方が効果をもたらすという保証はどこにもないのである。ただ、日常の現実世界のなかで、人間関係と時空の限界性に縛られ、その枠組みの内側でしか思考を展開できない傾きのある我々を、ある別の世界（作品世界）につれ出す多くの

179

方法のなかの一つの方法というか詐術として、レアリスムも考えられるにすぎないのである。

　たとえば次のようなことも言えるのではないか。この『沖の小娘』を読んで後に、私の脳裡にこの不思議な娘の姿と動作が鮮明にやきつけられてしまう。私はこの娘の存在をもはや打消すことができない。更に言えば、死に至るまでの地上の時間をこのイメージと共に過してゆかねばならなくなる。ところでこの場合、現実社会で私が出会うさまざまな人間、私自身の親兄弟や妻子、同僚や友人も含めて、それらの存在が私のなかに占めている実在生が、この名もない沖の少女のそれよりも濃密であるとは、従って前者の方が私という存在にとって重要な意味、というか力を有するとは必ずしも言えないのである。否、その逆ですらあることもしばしばである、と私には思われてならない。

　言いかえるなら、文学作品の世界から与えられる人間像も、実社会でのふれ合いから我々の内部に形づくられる他者の像も、我々一人一人の存在の内部にどのような記憶の痕跡を残すか、その強度によってのみその他者の実在性が測られるということなのだ。自分の肉親も含めて、今までに出会いまた日ごろ接している色々な他者の存在も、実は、我々が記憶しているか、そうしてそのイメージを脳裡にうかべることができるかどうか、にかかっているのではないか。それは、もし仮に我々がそうした記憶能力を喪失した時のことを想像するなら納得されるだろう。逆に周囲の人間の誰ひとりとして私を記憶しないなら、私の存在は無に等しいだろう。死者も、このように他者の脳髄の記憶のなかに保存される限りにおいて存在する——その実在性を獲得するであろう。この時、我々にとって、生者も死者と同列に並ぶと言わねばならない。芸術作品が我々に与える人間

達のイメージにしても同様である。我々は、自身の内部に居すわってしまったオフィーリアやボヴァリー夫人や、ジョコンダや麗子のイメージをもち歩きながら、実生活の場で他者と交渉していることになる。我々が一人になる時、それらのイメージが小さな暗い頭蓋のなかでからみ合いまじり合い、渦まくであろう。ワイルドのいわゆる自然が芸術を模倣するという現象も、いわば日常茶飯事として日々実際に起っている事柄にすぎない。

　とはいえ、文学に限って述べることにするが、我々の内部につよい記憶を残し、抗い難い実在性を得る——その作品がそれだけの説得力をもつ為には、何らかの方法が要請されることはいうまでもない。レアリスムもその一つの手だてであることは先にふれたが、ここでは『沖の小娘』のなかに沢山みられる円環のイメージを手がかりに、それがこの海上の村と少女の存在を形づくる上でどのような働きと意味を担わされているか探ってゆきたい。

　実際、短篇集『沖の小娘』 *L'enfant de la haute mer* （Gallimard, 1930）においては、表題作にのみ円環のイメージがふんだんに用いられていて、他の所収作品には稀にしか登場しない。詩作品のなかではあれ程に心臓や地球の豊かな円環（この場合は球体であるが）を描き出したシュペルヴィエルにしては、不思議なくらいである。

　この作品で、かすかにではあるが最初にあらわれる円環のイメージは、魚の描く曲線である（強調は筆者。以下同様）。

　　〔……〕庭は壜のかけらがびっしり植わった塀に囲まれ、その
　　上を魚が時おり飛びこえるのだったが？

　　[...] un jardin clos de murs, garnis de tessons de bouteilles, par-dessus
　　lesquels *sautait parfois un poisson* ?

この半円の軌跡は、のちに更に鮮明なかたちであらわれる。我々はその時、詳しい分析を加える。
　さて少女から考えてゆきたい。この十二歳の少女の肉体のなかで、最初に我々を惹きつける重要な円環は、眼であろう。この、肉体の闇にうがたれた、外界の光を入れる窓に他ならない小さな円は、自らも光を発する。《つつましいがよくひかる灰色の眼》が、少女の肉体のなかでも殊に重要な存在であることが語られる。

　それから彼女の小さな身体は、つつましいがよくひかる灰色の眼に支配されていて、見る者の身体を、その魂まで、歳月の奥底からきた大きな驚きでつらぬくのだった。

　Et sa petite personne commandée par *des yeux* gris, modestes mais très lumineux, vous faisait passer dans le corps, jusqu'à l'âme, une grande surprise qui arrivait du fond des temps.

　我々の存在を根底からゆすぶるこの《歳月の奥底からきた大きな驚き》——ここでの fond は、我々の過去の、誕生以前の闇を暗示しているのだろうか。それとも我々の未来の、死後の闇を同時に指すものなのか、我々には分らない。この灰色が夜明けに遡る薄明なのか、黄昏に向かう薄明なのかも分らない。とにかく、この眼が、肉体に開いた小さな円であるにとどまらず、時間的な深さを与えられていることに注目しておきたい。
　つづけてあらわれる卵、トタン板のシャッターの波形 rideaux de tôle *ondulée* は、さほど重要な円環ではない。ただ卵のイメージについては、終りの方で詳しくふれる。
　ここで予め言っておきたいのは、この少女が死者であることだ。それは作品の最終節で、いわば種明かしのように語られる。少女の

『沖の小娘』における円環

色々な思考や動作は、全てこの視点から形づくられているわけだが、大切なのは、少女が死者だからかくかくしかじかの円環のイメージが生まれた、ということではなくて、まず円環のイメージがあり、それによって少女が死者である（あった）ことを我々読者に納得させるようにそのイメージが提出されている、という考え方である。少女の一見不可思議な行為や謎のような思考も、この方向で解明されるなら、興味ふかい結果がもたらされるはずである。

　このいつまでも十二歳の娘の不幸な宿命が円環を伴いながら端的に示される、最も哀切な行為の一つが、次の一節にみられる。

　　〔……〕娘はずっと十二歳だった。それで、自室の鏡つきの洋服箪笥の前で小さな胸をどんなに膨らませてもうまくゆかない。

　　[...] l'enfant avait toujours douze ans. Et c'est en vain qu'elle *bombait son petit torse* devant l'armoire à glace de sa chambre.

《膨らませる》 *bomber* という動詞をロベール辞典で調べると《Rendre convexe comme une bombe sphérique》つまり《球状の砲弾のように凸型にする》とあり、ルコント・ド・リールの《風が帆を膨らます》Le vent bombe la voile が引用され、《胸を膨らます》Bomber la poitrine があげられている。もちろんここには《faire le fier》（威張る）の意味合いもこめられているのであろうが、とにかく少女の胸は成熟していない。その左右の乳房は、併せれば完璧な球 sphère を形づくれるような、張りつめた半球を描くことができないのだ。完璧な球体とは、不可能な、理想の、究極の円環の形体であり、神的な、楽園的至福のシンボルであって、人間存在にはその所有は望むべくもない。少女は、そんな幸福な形体への接近さ

えも拒まれた存在なのである。

　少女をとりまく世界に目を向けてみよう。その決定的な孤独は、次のような円環のイメージによって表現されている。たとえば輪回し遊びの輪（樽のタガ）である。これはキリコの白昼夢のような画面を想わせる、忘れ難い挿話である。娘は、アルバムの中に、自分によく似た少女の写真をみつける。その少女は手に輪回しの輪をもっている。

　〔……〕彼女は手に輪を持っていた。娘は村じゅうの家をまわって似たものを探した。とうとうある日、しめたと思った——それは樽の鉄のたがだったが、彼女が海の道をその輪と駆けだしたとたん、輪は沖へ逃げてしまった。

　[...] elle tenait *un cerceau* à la main. L'enfant en avait cherché un pareil dans toutes les maisons du village. Et un jour elle pensa avoir trouvé : c'était *un cercle de fer d'un tonneau*, mais à peine eut-elle essayé de courir avec lui dans la rue marine que *le cerceau* gagna le large.

　cerceau、それはラテン語の circus (cirque も cercle もこの語に由来する) からきた circellus (petit cercle) を語源とする名詞であるが、その円環をあやつる遊び、これは地上で実現できる、ほとんど楽園的な喜びではないだろうか。

　円は空間を所有することができることで、点よりも直線よりもすぐれている。しかしそれ自体が完結したものであり、同じ出発点に再び戻らざるを得ない、閉ざされた形体である。そして、それ自体では直線のように空間を進んでゆくことができない。従って、直線の運動と結びつかない限り、停滞してしまうということでは、円周

の収縮の究極、悪しき凝固、つまり死の象徴としての点とかわらないだろう[1]。輪回しは、空間を所有しつつ、どこまでも空間を横切ることのできる、円と直線の結合した典型的な例である。しかしながら、娘はこの遊びの幸福からも遠ざけられてしまう:《娘が海の道をその輪と駆けだしたとたん、輪は沖へ逃げてしまった 》。

　少女が、村役場の太鼓をうちならす場面がある。もしそれが陸における生者たちの住む村なら、この小さな円を中心に人々の輪が幾重にも出来ていただろう。しかし誰も集まっては来ない。いくつもの人間の同心円を生み出し得ていたかもしれない小さな円（太鼓）を、《 彼女はもとの場所へしまわねばならなかった 》:

　それから太鼓をもとの場所、村役場の広間の奥の、左の一角へしまわねばならなかった。

　Puis *il fallut ranger le tambour* à sa place habituelle, dans le coin gauche, au fond de la grande salle de la mairie.

　これに付随して、少女がニュースを伝える為に叫ぼうとしてもどうしても声の出ない場面の描写がある（この声の出ない場面が、作品の終り頃もう一度あらわれる）。

　彼女は悲愴な努力をしたので、顔も首も溺死体と同じように黒色に近くなった。

　Elle fit un effort si tragique que son visage et son cou en devinrent presque noirs, comme *ceux des noyés*.

この黒い顔、水死者のイメージは、死の円環となって、次のような挿話にもあらわれる。

　　あるとき彼女は、ドアのノッカーに、黒い喪章をリボン結びにした。彼女はそれがよく似合う、と思った。
　　それは二日間そのままだったが、そのあと彼女はそれをどこかに匿した。

　　Une fois elle fit, au *heurtoir d'une porte, un nœud de crêpe noir.* Elle trouvait que cela faisait bien.
　　Et cela resta là deux jours, puis elle le cacha.

　《 黒い喪章のリボン 》*un nœud de crêpe noir*、これは先程ふれた円が収縮し、固定・凝固したもの、死の点に他ならない。ここには幸福な円の拡がりも、空間を進んでゆく運動——つまり生——もない。しかもこの黒い円環は、冷たく凝縮した別の円《 ドアのノッカーに 》au *heurtoir d'une porte* 結びつけられたのだから、直線あるいは円周を描くために出発する点ではもはやあり得ない。だからこそ少女は二日程して《 それをどこかに匿した 》のである。
　沖の小娘が、時に何か文章を書きたいという執拗な願いにかられて作る、謎のような短文の隠している意味も、こうした視点から分析されるなら感得できると思われる。

　　「泡よ、あたしのまわりの泡よ、どうしても固い何かになれないの？」
　　「手をつないで輪を作るには、少なくとも三人はいなければ」
　　「埃のたつ街道を去ってゆくのは、首のない二つの人影でした」
　　「夜も、昼も、夜も、雲たちと飛び魚たちばかり」

「あたしはもの音が聞こえたように思ったのに、それは海の響きでした」

— *Ecume, écume autour de moi*, ne finiras-tu pas par devenir quelque chose de dur ?
— Pour *faire une ronde* il faut au moins être trois.
— C'étaient *deux ombres sans tête* qui s'en allaient sur la route poussiéreuse.
— La nuit, le jour, la nuit, les nuages et *les poissons volants*.
— J'ai cru entendre *un bruit*, mais c'était *le bruit* de la mer.

娘は、自分をとり巻く《泡》écume のことはよく知っているに違いない。この球形は飽くことなく生み出されはしても、もろく儚い存在で、すぐにこわれてしまう。永続的であり得ないが故に、悲劇的な円環のイメージなのだ：《泡よ、あたしのまわりの泡よ、どうしても固い何かになれないの？》

また一つの《輪》ronde を作る為には少くとも三人が必要なことを、少女はよく知っている。一つの完結した人間世界、たとえば家庭は、父母と子供の最低三人で構成されるだろう。世界も、三つの人称で出来上がる——表現をすることができよう。それが少女には許されていないのだ（ronde は《輪舞（曲）》、《巡回》の意味にもとれる）。

《首》tête のない二つの影——頭蓋という球体が欠けた存在。小さくて暗い球、それが楽園的であれ地獄的であれ様々なイデーとイマージュを貯え、生み出すことの出来る、一言でいうなら創造的であり得る球体、人間存在の中核をなすもの。神に似た至福の球体に近づくこともあれば悪魔的な死の点に凝固することもある——その球体がないのだ（二つの影、とは父と母を暗示するのかもしれな

い）。

《雲たちと飛び魚たち》les nuages et les poissons volants——このエッセイの最初にふれた、魚の描く線のことを思い出そう。飛魚たちが海上に描き出す曲線、これは少女からみれば、刻々自在に形をかえる雲と同じように自由の、幸福な空間の所有を象徴する運動かもしれない。しかしこれらのくり返されるのびやかな曲線も、完璧な円ないしは楕円を描き切ることはないだろう。しかも飛び魚の飛翔は、あくまで水平的な運動にとどまるだろう——結局のところ、海面に縛りつけられているかのように。

《もの音》《響き》bruit——その波紋のような音響の拡がりにも、眼にみえない円環が隠されているといえよう。しかし、娘の住む海の響きの円環と、彼女がおそらく聞きたいと願っている、生きた人間の住む陸からのもの音のそれが、交わることはない。

　実際、『沖の小娘』の作品世界は水平的なものだ。全体を読み終ったあとに、奇妙に空しい、平板な空間感覚が残る（これは否定的な意味合いで言っているのではない）が、この作品世界には必要な効果だろう。
　天空との垂直の運動・交渉はほとんどない。あってもごくわずかであり、稀薄である。輪回しや飛魚の円環の分析でふれたように、直線と円の結合した運動が、楽園的な至福の象徴となる為には、それがさらに、下降ではなくて上昇の運動であるべきだろう。たとえ幸福な所有と直進を約束する曲線、特に螺旋の運動であっても、それが水平にとどまるか、下降の運動であれば、ボードレールにもみられるようにその軌跡は地獄の様相を帯びてきて、粘りつく物質にがんじがらめにされ、やがて身動き出来なくなるであろう。死に向かう停止が確実に訪れる。この娘の世界では下降の運動も不徹底であると同時に、上昇の運動も乏しい。まず天空との交渉そのものが、

わずかに雲か流れ星で暗示されているにすぎない。

しかし大西洋は空虚なままで、彼女を訪問するのは流れ星だけだった。

Mais l'Océan demeurait vide et elle ne recevait d'autres visites que celles *des étoiles filantes.*

そんな海原の村のなかにあって、天空（＝神）との交渉を許すものといえば、教会とその鐘塔だけだろう。もちろん鐘塔には、天に近づく為の《螺旋階段》*un escalier en colimaçon* がある。

娘は鐘塔へは螺旋階段を昇っていったが、その石段は、眼にはみえない何千という足によって摩滅していた。優に五百段はあるにちがいない、と娘が思いこんでいた（実は九十二段だった）その鐘塔は、黄色いレンガの間に精いっぱい空をのぞかせていた。

L'enfant accédait au clocher par *un escalier en colimaçon* aux *marches usées* par des milliers de pieds jamais vus. Le clocher qui devait bien avoir *cinq cents marches*, pensait l'enfant (il en avait *quatre-vingt-douze*), laissait voir le ciel le plus qu'il pouvait entre ses briques jaunes.

しかし、空の高みに人間存在を近づける為の階段も、過去の人々の今はみえない足によって《摩滅して》*usées* いる──つまり螺旋自体が鮮明さを欠いているのである。こうして、空間を所有するとみせかけながら絶えず上昇する螺旋（直線と円の幸福な折衷物）は、

直進する運動の意志の鋭さと、空間を囲いこむ豊かさを減じることになる。その上、この階段は、高さも十分ではない。娘にとって《優に五百段はあるにちがいない》と思われたにもかかわらず、実際は《九十二段》しかないのである。娘の円環の世界は、垂直性においても不充足であるわけなのだ。

このような娘の世界にも、《運命の気まぐれ》une distraction du destin、《(運命の) 意志に生じる割れ目》une fêlure dans sa volonté のように、貨物船があらわれることがある。普通なら、船が近づくとたちまち村の家も通りも沈み、娘は眠りにとらえられるのだが。しかしながら、《助けて！》Au secours！ という娘の声も船員には聞きとどけられず、船は去ってしまう。

　　　ちょうど正午だった。貨物船は汽笛を響かせたが、その声は
　　　鐘塔の声と交じり合わなかった。ふたつとも、それぞれの独立
　　　を守っていた。

　　　Il était midi juste. Le cargo fit entendre sa sirène, mais *cette voix ne
　　　se mêla pas à celle du clocher.* Chacune gardait son indépendance.

やはり船のサイレンの《声》と、村の鐘楼の鐘の《声》とが交じり合うことはないのだ。前者も後者も音とか響き (son ; coup) とせずに、声 (voix) と表現していることに注目したい。既に《もの音》bruit について述べたように、この声には同心円状にひろがる円環を想い描くことができる。人間世界はある意味ではこうした無数の円環と円環が展開し、ふれ合い交じり合う場と考えられなくもない。しかし、娘の世界と船の世界とは《それぞれの独立を守っていた》のである。

190

『沖の小娘』における円環

　ここまで読んできて想像のつく通り、娘は人間の種族というより、どうやら海の、波の種族の一員のようだ（波自体が、波紋という円環を形成するものであることはいうまでもない）。波の一つは、《泡の眼》 *deux yeux d'écume* をもっていて、前々から娘の為に何かしてやりたいと思っていた。貨物船が去った時、この波は娘の苦しみを理解する。そうして娘に死を与えてやろうと娘をやさしく捉える。波はまず、娘に《自分の深みでくるくると、巻きつい》て殺そうとし、娘もそれに協力するのだが、うまくゆかない：《elle l'enroula au fond d'elle-même》— enrouler という動詞は、ラテン語の rota（= roue 車輪）からきた語だが、ここでは下降の運動→死をともなう円環として用いられている。

　すばらしい円環のイメージをいくつも含む、最後の美しい場面が展開されるのは、ここからである。

　　目的を果せなかったので、波は娘が海つばめより小さくなるまで空中へ投げ上げてはまた、ボールのようにくり返し受けとめた。すると彼女は駝鳥の卵のように大きな水泡のあいだに落っこちるのだった。
　　最後には、何ひとつ功を奏さず、とうてい娘に死を与えられそうもないとわかると、波は涙まじりの言い訳を茫漠とつぶやきながら彼女を家に連れ戻した。

　　N'arrivant pas à ses fins, elle la lança en l'air jusqu'à ce que l'enfant ne fût pas plus grosse qu'*une hirondelle marine*, la prit et la reprit comme *une balle*, et elle retombait parmi *des flocons* aussi gros que *des œufs d'autruche*.
　　Enfin, voyant que rien n'y faisait, qu'elle ne parviendrait pas à lui donner la mort, la vague ramena l'enfant chez elle dans un immense

murmure de *larmes* et d'excuses.

　波が娘を空中へ投げあげるのは、《 海つばめより小さくなるまで 》jusqu'à ce que l'enfant ne fût pas plus grosse qu'*une hirondelle marine* であり、娘を《 ボール 》 *une ballle* のように取ったり離したりする（*hirondelle* は、rond (e) あるいは rondelle という、円環にかかわる語を含みもつ実にきれいな語である [2]）。だが、海つばめのようにはついになれない少女は《 駝鳥の卵のように大きな水泡のあいだに落っこちるのだった 》。卵、それは内に生命の芽が混沌状態でつまっている球体である。そうして卵の球体は、内部の生命を保護する為に、自然が授けた最も割れにくい円環の形状をなしているといわれる。しかも駝鳥は、現存する地球上の生物のうちで最大の卵を産むという事実も重要である。けれどもそれがここでは薄く儚い波頭の泡に結びつけられ、少女の悲劇的な存在を側面から証しているようにみえる。彼女は死ぬこともできねば、卵のような円環の中に還ることもできず、また成長することもできない存在なのだ。そのことを嘆きかなしむ為の《 涙 》 *larmes* も、少女には与えられていない。泡と同じように、すぐに消えてしまいはするが無限にくり返される円環、悲哀の結晶としてのこの小さな球体を生み出すことができるのは、波という無機物なのだ：《 波は涙まじりの言い訳を茫漠とつぶやきながら彼女を家に連れ戻した 》──この《 涙 》は、波しぶきの隠喩であろう。

　作品は、沖の小娘が、娘を失くした船乗りの空想の産物であることを明らかにして閉じられる：《 ある日、シャルル・リエヴァンスの脳から生まれた 》 née un jour du *cerveau* de Charles Liévens。人間としてのあらゆる感覚を授けられながら、生きることも、死ぬことも愛することも出来ない少女の不幸が語られるが、最初に述べたように、このような少女として父親に記憶され生命を与えられ、再び

脳裡にうかびあがった以上、少女は少なくともこの父親、あるいは我々読者の、小さな暗い球体《脳》cerveau に、不幸であっても生きつづけるしかない。これは前にも指摘したように、神的でも悪魔的でもあることの出来る球体なのだ。ここにシュペルヴィエルは、芸術家とその被造物との関係を暗示しているように思われてならない。

註
1）本稿はプーレ Georges POULET (1902-) の『円環の変貌』Les métamorphoses du cercle, Plon, 1961 に示唆を得て書かれた。
2）バシュラール（『空間の詩学』）によれば、《ミシュレは〔……〕「鳥はほぼ全き球体である」という。ミシュレにとっては、鳥は十全な円みであり、円い生である》Michelet [...] dit que《 l'oiseau (est) presque tout sphérique 》. L'oiseau, pour Michelet, est une rondeur pleine, il est la vie ronde (Gaston BACHELARD, La poétique de l'espace, PUF, 1970, p. 212).

III

モーリヤック『愛の砂漠』における動物

はじめに

フランソワ・モーリヤック François MAURIAC (1885-1970) は、人間の欲望のおぞましい諸相を執拗に描いたカトリック作家である。またさまざまな欲望、特に肉欲に苛まれ、弄ばれる人間存在をしばしば動物に喩えていることは、どの作品を繙いても直ちに気づく特徴の一つである。人間の物欲・金銭欲を主要テーマとする『蝮のからみあい』 *Le Nœud de vipères* (1932) はタイトルが既にそうである。この論考では、動物の比喩がことに豊富な『愛の砂漠』 *Le Désert de l'amour* (1925) をとりあげ、その動物宇宙の特質を明らかにしたい。

Ⅰ．テレーズ

たとえば『テレーズ・デスケイルー』 *Thérèse Desqueyroux* [1] (1927) においても、ほとんどの人物が、その外観だけでなく動作に至るまで様々な動物に喩えられる。さらには、人物の形のない内面でさえ動物の形象を用いて描かれることがある。いくつか例をあげてみよう。新妻のテレーズにとって、夫のベルナールは「すてきな若い豚のように」 comme ces jeunes porcs charmants [2] 自分の快楽に閉じこめられた存在であり、「豚そっくりのせかせかとせわしない、まじめくさった様子をしている」 Il avait leur air pressé, affairé, sérieux [3]。その「豚どもが飼桶のなかで幸せのあまり鼻を鳴らすの

を、格子ごしにながめるのはおもしろい」il est drôle de regarder à travers la grille, lorsqu'ils reniflent de bonheur dans une auge [4]が、「その飼桶は私だ」c'était moi, l'auge [5]とテレーズは考えるのである。ここでは、豚の暗喩に重ねて性行為が嫌悪とともにほのめかされている。モーリヤックはまた、性行為を狩猟のようにとらえることがある。ベルナールにとって、知り合った頃のテレーズは「足もとにころがるなかなかの獲物」Une telle proie à ses pieds [6]であり、結婚後は、「味わいなれた餌食」sa proie accoutumée [7]に他ならない。

そのテレーズからみれば、家庭も「無数の生きた格子に囲まれた檻、耳と目で張りめぐらされた檻」cage aux barreaux innombrables et vivants, cette cage tapissée d'oreilles et d'yeux [8]であり、「この檻のなかで、身じろぎもせず、うずくまったまま、顎を膝の上にのせ、両腕に脚をかかえて、死ぬのを待とう」où, immobile, accroupie, le menton aux genoux, les bras entourant ses jambes, elle attendrait de mourir [9]と彼女は考える。ここには、「社会全体＝動物園」という暗喩が隠されており、テレーズは自らを家庭の檻のなかに閉じこめられ、絶えず見張られている獣とみなす。他者の監視の網に囚われ、逃亡をあきらめてうずくまる女の姿は、猟で追いつめられた獲物のとるぎりぎりの防御のかたちに似ている。この、身を丸く縮めて他者と世界（＝猛獣）の攻撃に耐える姿勢は、他の作品にもくり返しあらわれる（たとえば、『愛の砂漠』のマリア・クロス。VI章で詳しくふれる）。しかし、テレーズはいつも被害者（＝餌食）というわけではない。彼女自身、周囲の人間を餌食にし、同時に自らの存在をもむさぼる獣に他ならない。

ベルナールの母親は、結婚前のテレーズを評して「あの娘は自分を痛めつけている」elle se ronge [10]という。(se) ronger の第一の意味はネズミなどの齧歯目の動物が「噛む」、「かじる」である。未来の義母は、テレーズが「自分の胸のなかの爬虫類」ce reptile dans son sein [11]（＝彼女自身にもどうすることもできない虚無感）に噛み苛まれていることを見抜いていたのである。

他人をそこへ投げこむことを躊躇しなかった彼女が、虚無を前にすると棒立ちになる。

Elle qui n'hésitait pas à y précipiter autrui, *se cabre* devant le néant.[12]

動詞 se cabrer は「(馬などが) 後脚で立つ」ことを意味する。テレーズの内面の動きが、ここでは馬のような動物のしぐさに喩えられているのである。テレーズはまた、保守的で息のつまるようなブルジョワの日常、閉ざされた家庭生活のなかに埋没している自分を、次のようにとらえる (引用原文のイタリック体は、指示のない限りすべて筆者による)。

彼女はたった一人で、トンネルのなかを抜けているのだった。めまいを覚えながら。いまいるところがいちばん暗い場所だ。前後の考えもなく、けだもののように、この闇の世界から、この煙のなかから、逃げださなければならない、自由に呼吸のできる空気のあるところまで出なければならない。早く！ 早く！

Elle traversait, seule, un tunnel, vertigineusement ; elle en était au plus obscur ; il fallait, sans réfléchir, *comme une brute*, sortir de ces ténèbres, de cette fumée, atteindre l'air libre, vite ! vite ! [13]

この件りは、テレーズが実際に汽車 (もちろん蒸気の、煙の出る列車) に乗っているときの回想の続きをなし、語りの現在と回想の

過去とが重ね合わされ、混じり合う場面であるが、ここでは「けだもの」brute はむしろ、脱出の盲目的なエネルギーを潜めた望ましい存在として描かれている。

　人間存在を、あさましい欲望につき動かされる卑小で醜悪な生物として描くとき、動物の、特に獰猛な肉食獣の比喩があらわれる。男女の恋愛や性行為は、「狩る者－狩られる者」のパターンでとらえられる。しかしこの比喩はいつも嫌悪や侮蔑をあらわすためだけでなく、好ましい、魅力ある対象を生き生きと示すために用いられることがある。テレーズは、ジャン・アゼヴェド——パリの香りを身につけ、ボルドー地方の閉鎖性からはみ出ているようにみえるこの野性的な若い知識人に脱出の夢をかきたてられる（この辺りに、エンマ・ボヴァリーの夢の反響があると思われる）。テレーズは彼を「この若い動物」ce jeune animal [14]と呼び、その口を「暑がっている若い犬の口」gueule d'un jeune chien qui a chaud [15]と形容する。犬の暗喩が侮蔑的でない意味に使われるのは、『テレーズ・デスケイルー』ではここだけである。

II. 狩猟 (1) ファウヌスとオリオン

　『愛の砂漠』Le Désert de l'amour (1925) では、美貌の若者レイモン・クレージュは、多くの場合、活力にみちた動物に、時にみずみずしい植物に喩えられる。彼はとりわけ犬に近づけて描かれる。人間に従属していて人間よりも劣り、愛玩と虐待の対象にすぎないただの家畜のときもあれば、他者という動物を狩る猟犬になるときもある。彼は「大きな音をたてて、犬のように、スープをがぶ飲みにする」Il lampait sa soupe à grand bruit, comme un chien [16]。しかし、彼は「自分は犬ほども姉には関心をもたれていない」Il l'intéressait moins [...] que le chien [17]と考える。

　その姉マドレーヌ・バスクも、動物にひきつけてとらえられる。

彼女は家人の誰にもきこえない夫の足音を聞きとる。そして「雌ではなく雄が芳香を出して闇のなかで相手を引き寄せる、そういう別の動物の一種族に属しているかのように」comme si elle eût appartenu à une espèce différente des autres animaux, où le mâle non la femelle eût été odorant pour attirer la complice à travers l'ombre [18] 夫を迎えに出ると、二人で二階の部屋へ閉じこもる。「家人はみなその事を知っている」Ils savaient que [...] [19]、と話者はわざわざ書く。それは作者モーリヤックが作品との間に距離を置き、記述に客観性を与えるためでもあるが、家族というものは、たとえば若夫婦が肉の儀式(動物的行為)に浸ることを暗黙のうちに了解している制度にすぎないことを示すためと考えられる。

　さてレイモンであるが、恋愛の点では未だおとなしい日常の家畜にほかならなかったこの犬は、情欲につきうごかされると猟犬のように女性という獲物を狩り立て、追いつめる。このとき「犬」は、レイモンの外観のみならず内面——ことに情欲の動きを具体化する形象となる。マリア・クロスに出逢い、「自分の力に確信をもち、〔…〕自分の肉体に確信をもち、肉体が所有できないものには無関心なこの武装の整った若い雄」ce jeune mâle bien armé, sûr de sa force, [...] sûr de son corps, indifférent à ce que le corps ne peut pas posséder [20] は、「汚れを知らぬ野鳥」un oiseau sauvage et pur [21]、「世話をやいたために慣れてきた小鹿」un faon, devenu familier à force de soins [22] であることをやめる。これらの暗喩はマリアの眼からみたレイモンであり、既にマリアも狩猟する者になっていることがそこに読みとれる。つまりレイモンとマリアは、恋愛において、互いに「狩る者⇄狩られる者」という二重の役割りを演じることになる。

　だがレイモンは、自分が汚らわしい下心を持っていると思って疑いはしないだろうか。彼女は、そのレイモンが、彼女がそこ

に居なければなおさらよく彼女を楽しんでいるということを、どこへでも自分といっしょに女の面影を抱いて行っているということを、旺盛な若い犬が、女をつかんでは放し、放してはまたつかんでいることを、知らなかった。

[...] sa tournée en Belgique ?... / Mais Raymond va la soupçonner d'une arrière-pensée immonde. Elle ne sait pas que ce Raymond jouit d'elle d'autant mieux qu'elle n'est pas là, *qu'il la porte partout avec lui, qu'il la prend et la laisse et la prend et la reprend, jeune chien avide.* / Le docteur [...] [23]

　この箇所（ / 線内）は初出の『パリ評論』*Revue de Paris* 誌にはあったが、削除された。恋をしている若者が、相手の女性と離れたとき頭に描く性的なイメージを、狩猟に喩えて大胆にとらえているが、余りに生々しすぎたために、マリアと、ひいてはレイモン自身を過度に汚すことを恐れて省いたのであろうか。いずれにしろレイモンは、マリアの館を二度目に訪れたとき、彼女の肉体を求める。しかし彼は、マリアが内心ではそれを望んでいながら拒絶し侮蔑したために深く傷つけられ、これを契機に「恥ずかしめられた若い雄」jeune mâle humilié [24]、「この不器用な半獣神ファウヌス」ce faune maladroit [25] は「猟人の本能」cet instinct de chasseur [26] をむき出しにしてサディスティクな女性遍歴に溺れてゆく。「彼女が変貌させ神化した者」celui qu'elle avait transfiguré, divinisé [27]、「天使」ange [28] とまで思いこんだことのある少年——

　　この少年が、やがて他の多くの女たちがその手管に接し、愛撫を受け、いや打たれたり蹴られたりするであろう一人の男になるのに、この形の整わぬ少年の上に彼女の視線が注がれるだけ

で十分だったということを、彼女は知る由もなかった〔…〕こ
の時を境に、彼と女との未来の交渉の中にはすべて、ひそかな
敵意が潜入するであろう、相手を傷つけずにいられない気持が、
捕えた牡鹿をいじめて悲鳴をあげさせずにはいられない気持が
混る。マリア・クロスの流すべき涙を彼は生涯ほかの女たちの
頬の上に流させるであろう。

Elle ignorait que, sur cet informe enfant, son regard avait suffi pour qu'il devînt un homme dont beaucoup d'autres allaient connaître les ruses, subir les caresses, les coups. [...] Désormais, dans toutes ses intrigues futures, se glisserait une inimitié sourde, *le goût de blesser, de faire crier la biche à sa merci* ; ce seraient les larmes de Maria Cross que toute sa vie il ferait couler sur des figures étrangères.[29]

　既にみたように、レイモンは一時期マリア・クロスによって狩ら
れ、馴らされた小鹿 (faon) であったが、今や彼が残酷な猟人となっ
て女性という獲物に襲いかかることになる。17年後（この小説の語
りの現在）、パリのとあるバーで再会したマリアの傍らで過去の回
想にふけるときも、彼は猟犬のようである。

　とはいえ、混沌とした過去の中から、本当に彼のものになっ
たのは、厚い闇に包まれて一気に駆け抜けた一条の細い道に過
ぎない。地面に鼻面をつけて、自分の足跡をたどったが、自分
の足跡と交差した他のすべての足跡のことはまるで知らないで
いる……。

Pourtant, ce qui, du passé cofus, lui appartenait en propre n'était qu'une mince route vite parcourue entre d'épaisses ténèbres ; *le museau à terre, il avait suivi sa piste*, ignorant toutes les autres qui croisaient la sienne... [30]

　恋愛にはつきものの美化と神格化の働きによって、マリアはレイモンを天使（ange）と考えようとしたが、実は半獣神ファウヌス（faune）を生み出す結果に終ったわけである。彼女は自らを美化し神聖視するほど素朴ではないが、神格化したレイモンの姿を通して、自らの浄化を願っていた。そのことが、レイモンとの肉欲の泥沼に彼女が入りこむことを辛うじておしとどめる要因の一つになったといえるかもしれない。
　マリア自身についても、その神格化がみられる。

　　恐ろしい快楽を味わいながら、彼女は自分と自分で必死に清純だと思い込んでいるものとのあいだの深淵を広げた。神話の狩猟家オリオンと同じくらい自分の愛の対象から遠く離れて、近づきがたいこの少年に思いをこがした。

　　Avec un horrible plaisir, elle élargissait l'abîme entre elle et celui qu'elle s'acharnait à croire pur : aussi loin de son amour que *le chasseur Orion*, brûlait cet enfant inaccessible : [31]

　オリオン[32]をめぐる伝説はさまざまで、その生まれと死についても幾通りもの説がある。ボイオティアの巨人で、美貌の狩人オリオンはキオスでオイノピオン王の娘メロペーに恋し、誘惑しようとするが、王はこらしめのために彼を盲目にする。彼はオリエントへゆき太陽の光を浴びて視力をとりもどす。その後アルテミス（ローマ神話のディアーナ・狩と月の女神）と狩をして暮しているうちに、曙の女神エオスがオリオンを恋して奪ったので、アルテミスは嫉妬

から彼を矢で射殺す。ホラティウスは、処女神アルテミスが、自分を犯そうとしたオリオンをサソリに殺させたと主張する。他にも幾つか説があるが、オリオンはアルテミスに殺されたこと、死後は星座になったことではどの説でも一致している。いずれにしろ、処女ではないがマリアは自身を狩の女神アルテミスに、レイモンを狩人オリオンに重ね合せている。そして、渇望の的であるレイモンをオリオンの星座と同じくらい遠くかけ離れた純粋な存在とみなして、身を引こうとする。重要なのは、マリア自身がレイモンとの恋愛を一貫して狩猟と受けとめていることである。また同時に、彼女を外からも内からも埋めようとする砂漠のなかで、渇きを癒し憩わせてくれるオアシスとしてレイモンを渇望していることも指摘しておきたい。

　レイモンがしばしば犬のような存在として描かれていることは既にみてきたが、マリアにとって彼は汚れを知らない野鳥であり、小鹿であった。『愛の砂漠』では、人間が植物に喩えられることは余りないのだが、レイモンは別の箇所ではみずみずしい果実としてマリアの眼に映る。「この果実が彼女のかわきから遠ざけられなければならないものとすれば、その未知の味を空想することをなぜ遠慮するのか？」Si ce fruit doit être écarté de sa soif, pourquoi se priver d'en imaginer la saveur inconnue ? [33]

　マリアは電車の中での初対面のときからレイモンに惹かれ、彼を「観察する」Comme elle l'observait pourtant ! [34] このとき早くも彼の顔に「天使」の面影をみとめる。

> 「この顔は、誰でも乗る車の中で過ごさなければならないみじめな数分のあいだ、私を慰めてくれる。私はこの天使めいた陰気な顔の周囲の世界を抹殺する。なんにも私を傷つけることはできない。見つめることは気持を解き放ってくれる。この少年

は見知らぬ国のように私の前にある。あの瞼は荒された海の岸だ。明けやらぬ暁闇の中の二つの湖水がまつ毛の林のふちにまどろんでいる。指についているインク、ねずみ色のカラーとカフス、それにちぎれているあのボタン、それらは、とつぜん枝から離れ、用心深い手でおまえが拾い上げるあの無疵の果物を汚す土でしかない」

《 Ce visage va me consoler des minutes misérables qu'il faut vivre dans une voiture publique ; je supprime le monde autour de *cette sombre figure angélique*. Rien ne peut m'offenser : la contemplation délivre ; il est devant moi comme un pays inconnu, ses paupières sont les bords ravagés d'une mer ; *deux lacs confus sont assoupis aux lisières des cils*. L'encre sur les doigts, le col et les manchettes gris, et ce bouton qui manque, cela n'est rien que la terre qui souille *le fruit intact, soudain détaché de la branche, et que, d'une main précautionneuse, tu ramasses.* 》[35]

「二つの湖水がまつ毛の林のふちにまどろんでいる」という両眼の暗喩は、ボードレールのつぎの詩句を想起させる(「イツモ同ジク」 *Semper eadem* [36]、『悪の花』XLI。イタリックはボードレール)。

お願いだ、私の心が嘘に酔いしれるがままに
美しい夢に沈むにも似てあなたの美しい眼にひたるがままに
あなたの睫毛の陰に長くまどろむがままに、任せたまえ。

Laissez, laissez mon cœur s'enivrer d'un *mensonge*,
Plonger dans vos beaux yeux comme dans un beau songe,
Et sommeiller longtemps à l'ombre de vos cils !

マリアは、彼女がいつも願っている「彼女の砂漠」son désert [37] からの脱出の夢がかなえられるかもしれない相手に出逢えたのだが、その少年を彼女は「果樹」に等しい存在として受けとめている。マリアはそれが「偽りのイメージ」fausse image [38] に他ならず、「美しい夢」に似た一つの「嘘」に終ることは知っていても、「彼女の天使（＝レイモン）に執着する」elle tenait à son ange [39] しかない。

面白いことに、レイモンもマリアのことを果実のように考えている箇所がある。「いくらかぽってりした、厚い唇――奇蹟によってまだ無疵のままの果物」La bouche un peu forte, épaisse — fruit par miracle intact encore — [40]

> だが、彼は間違うことのない知恵で知っている、彼女が星の世界よりも遠い触れることのできない存在になったことを。そのときだった、彼女が美しいことに彼が気づいたのは。この果物が自分のものになるということを一瞬といえども疑ってみることをせず、いかにして摘みとり、いかにして食べるかを知ることにのみ没頭していたときは、女の顔をゆっくり見たことさえなかったのである。――目でむさぼり食うことだけが今お前に残されている。

> [...] mais il savait d'une science sûre que désormais il ne la toucherait pas plus qu'une étoile. Ce fut alors qu'il vit qu'elle était belle : tout occupé de savoir comment *cueillir et manger le fruit*, sans mettre une seconde en doute que *ce fruit* lui fût destiné, il ne l'avait jamais regardée ; — cela te reste maintenant de *la dévorer des yeux*. [41]

若くてみずみずしい存在、まだ汚れを知らない清浄な存在が、小動物や小鳥でなければ樹木に喩えられることは自然である。レイモ

ンが家族のなかで心を許して愛撫したがるのは、姉の子供たちだけである。四人の小さな女の子たちは、「馴れた小鳥が止り木の上に並ぶようにくっつき合って並んでいる」elles étaient serrées telles que des oiseaux apprivoisés sur un bâton [42]。これに対して、レイモンが子供と荒っぽく戯れるのが気に入らない母親のマドレーヌは、「心配して毛を逆立てている雌鳥」poule hérissée et inquiète [43]である。ところが、夏のヴァカンスになるとマドレーヌ一家が避暑に出かけるので、レイモンには「彼が好んで荒々しく遊び戯れた、植物のようにしなやかな子供たちのあの肉体さえ残されていなかった」il ne lui restait plus même le corps d'enfants souples comme des plantes avec lesquels il aimait à jouer sauvagement [44]。

　モーリヤックの世界にとって、こうした子供の存在は重要であり、大きなテーマとしてとりあげられるべきだと思われる。

　少し横道にそれたが、再び狩猟のテーマを、マリアに視点を置いて考えてみたい。マリアは夫との死別を境に娼婦まがいの生活を送り、世間からは常に白い眼で見られてきた。たとえば憂さばらしに入った「アポロ」のマチネで「例のごとくただ一人で、小屋中の人間の注意を一身に集めていると」seule comme toujours et attirant sur soi l'attention de toute la salle [45]、親友だった女友達の罵声が聞こえてくる。

> 自分の桟敷にすぐくっついている椅子席の一列から、ガビの鋭い笑い声が聞え、続いて何人もの笑い声が、小声で吐き出されるきれぎれの罵詈雑言が、聞えた。「ふん、あの淫売が、皇后さまみたいな面をしてさ……ふん……乙に澄ましやがってね……」マリアには小屋中の人間の顔が見えなくなったような気がした。みんな自分のほうに向いている獣の顔のような気がした。

[...] elle avait entendu, d'un rang de fauteuil qui touchait à sa baignoire, jaillir le rire aigu de Gaby, d'autres rires, des lambeaux d'injures proférées à mi-voix : 《 Cette traînée qui joue à l'impératrice... cette... qui le fait à la vertu... 》 Il semblait à Maria qu'elle ne voyait plus aucun profil dans la salle : *rien que des faces de bêtes tournées vers elle.* [46)]

マリアはこのように、ボルドー地方の保守的なブリジョワたちの冷たい視線の恰好の餌食にされる。彼女はいつも、他者という獰猛な獣に狩られる獲物として生きてきた。しかし、レイモンに会ってからは、今度は彼女が狩る側にまわることになる。二人の恋愛の少なくとも初期のあいだは、それまで猟犬のようであったレイモンが、既にみたように狩られる側の小鹿や野鳥に変わる。

非常な用心深さで、汚れを知らぬ野鳥でも捕えるように、彼女は抜き足さし足で、息を殺しながら近づく。

Avec des précautions infinies, *comme d'un oiseau sauvage et pur, elle s'en approchait sur la pointe des pieds, et retenant son souffle.* [47)]

このこっそりと獲物にしのび寄るマリアの姿は、まさしく猟人のそれである。次に会った時も、マリアは同じようにふるまう。

それからマリアは、カーテンをしめきったこの客間の中に人に馴れない子鹿を捕えたかのように、嬉しさにぞくぞくしながらも、どんな身振りに出る勇気もなかった。

Et Maria, toute frémissante, comme si elle eût retenu entre les murs du salon, étouffés d'étoffes *un faon effarouché*, n'osait aucun geste.[48]

だがここにみられるように、狩る側のマリアが「どんな身振りに出る勇気もなかった」場合、彼女はたちまち狩られる側にまわる。レイモンが、捕獲された小動物から、狩猟者（あるいは猟犬）に変わってゆく。

ここまでの考察を整理してみよう。レイモンはマリアとの恋愛を契機に、ただの「犬」（家族からみて）から「猟犬」に変貌する。（マリアを獲物として、初めは空想のなかで。しかし実際に狩る行為に入ったとたんにマリア〔＝獲物〕の反撃にあい、傷つく）。同時に、一方で彼は可憐な小動物（＝マリアの獲物）とみなされていたが、マリアを所有しようと望んで「半獣神ファウヌス」（＝好色な狩人）に変貌する。この変貌は実は予感されていたのであって、レイモンの父ポール・クレージュ博士（彼もまたマリアを所有しようとしている狩人である）は、息子がマリアに恋していることに気づくときがやってくる。

> ブーカン（書物）がブークタン（アルプス山羊）という言葉を彼の頭によびさました。と、彼はマリア・クロスのそばに、サテュロス神がすっくと立ち上がるのを見た。

Bouquin éveilla dans son esprit le mot *bouquetin* ; et il vit se dresser, auprès de Maria Cross, *un chèvre-pied.* [49]

この chèvre-pied は「山羊の足をした」という形容詞で、名詞としては「サテュロス神」（＝ Satyre chèvre-pied）の意に用いられる（なお初出の『パリ評論』では、「野性の若い雄山羊」un jeune bouc sauvage [50]となっていた。chèvre-pied とする方がその神話化に

よって、若いレイモンの欲望のはげしさをより明確に暗示すると思われる）。サテュロス[51]はギリシャ神話の山野の神で、人間の体に山羊の角と脚をもつ半獣神。時にシーレーノスとも呼ばれ、ローマ神話の「ファウヌス神」faune と同一視される。ちなみにギリシャ神話の「パン（牧羊神）」Pan もまた、ファウヌス神と同一視されることがある。

　マリアもまた、「半獣神ファウヌス」に変貌し、「狩人の本能」をあらわし始めたレイモンをみて、「あのけだもの」cette brute[52] と呼び、「あの小さな雄山羊が段階（＝恋愛の諸段階）を一足飛びに越えてしまった」le petit bouc a brûlé les étapes[53] と思い悩む（この表現は『パリ評論』にあり、後に「小さな雄山羊」le petit bouc が「不器用者」le maladroit[54] に変えられた）。事実、レイモンは初めてマリアを家に訪ねる数日前、彼女の肉体を所有する想像にふけりながら、「アルプス山羊のように身軽に、植込みを飛び越えた」il [...] sauta un massif, aussi agile qu'un bouquetin[55] と描かれており、彼は既に父ポールの予想どおりに半獣神（サテュロス、あるいはファウヌス）に変身しつつあったのである。

Ⅲ．狩猟 (2)

　マリアとレイモンの恋愛は狩猟に似ており、二人の関係は、猟犬（あるいは猛獣）と獲物（あるいは餌食）とのそれ、「狩る者」と「狩られる者」（この両者は状況により入れ替わる）のそれとしてとらえられることが明らかになった。同じような関係は、ポールとマリアとのあいだにも見出される。ポールはマリアの主治医であるが、彼女のパトロン（後の夫）のラルッセルはいみじくも次のように言う。

　あなた方医者にとって実にいい獲物ですな、神経衰弱の連中は、

あの気病みの連中は。

Quel *gibier* pour vous autres médecins, ces neurasthéniques, ces malades imaginaires. [56]

　このせりふには、ポールのマリアへの恋愛感情を見抜いているラルッセルの揶揄がまじっていると思われるが、そのポールをマリアは心の底では嫌っていながら、時に優しくして手許に引き寄せ、また冷たく突きはなす。マリアに翻弄され、「消耗して、彼は、その夏、息子を観察する余裕がなかった」Mais, ainsi dévoré, il observait moins son fils, cet été-là [57]のである。「消耗して」と訳した dévoré は、動詞 dévorer の過去分詞。dévorer には「歯で裂きながら食べる」、「食べつくす」、「がつがつむさぼる」などの意があり、もちろん精神的な意味にも用いられる。いずれにしろこの動詞は、ライオンやトラなどの肉食獣とその餌食を想起させるのである。ポールも、想像のなかではマリアを手に入れて一緒になり、そのことのためには家族の抹殺さえ夢みるのだが、彼女の前に出ると立場は逆転して、狩られる獲物のようになってしまう。

　同じような狩猟の関係は、家族のあいだにも見出される。ポールにとって、息子のレイモンは手許に捕えたい獲物であるが、彼がそれを望むときは息子に逃げられ、息子が捕えられたがっているときはそれに気づかない。

　それはことによったら二人が互いに近づくことができたかもしれないときだったのである。が、そのときのドクトルは、彼があのようにしばしば捕えることを望んだこの男の子から遠くかけはなれて考えごとをしていた。若い餌食は、今、自分から彼

の懐ろに飛びこもうとしている、しかも彼はそれを知らないのだった。

Voici, la minute où ils eussent pu se rapprocher, peut-être. Mais le docteur était alors en esprit bien loin de ce garçon, *dont il avait si souvent voulu la capture; la jeune proie s'offrait à lui*, maintenant, et il ne le savait pas ; [58]

ポールは、この息子の「体温を感じ、その若い動物の体臭を感じていた」il sentait sa chaleur, son odeur de jeune animal [59]ときも、息子と理解し合うことができない。

IV. むさぼる

この父と子がパリで久しぶりに出会い、和解する場面がある。以降、二人が会うことはない——おそらくまもなくポールが亡くなる——と思われる最後の別れの場面で、ポールは「この男の子に、むさぼるように見入る」dévorait dex yeux ce garçon [60]。ポールとマリアとの関係をあらわすとき用いられた「むさぼる」dévorer という動詞が、ここでも重要な役割を果たしている。

『愛の砂漠』の人物たちはみな、愛に飢えていて、お互いに激しく求め合っているのだが、この愛し愛されたい、所有し、所有されたいという欲望につきうごかされる人間同士の関係は、既にみたようにたいてい狩猟者と獲物、猛獣と餌食（小動物など）の関係に似てくる。人々はほとんどみな、動物の相貌を帯びてくる。テレーズもいうように、「欲望が、私たちのそばへ寄る人間を、似ても似つかぬ怪物に変えてしまう」Mais le désir transforme l'être qui nous approche en un monstre qui ne lui ressemble pas [61]からである。マリアも「飢えのために、欲望のために醜く変わった人間の顔」la face humaine enlaidie par la faim, par le besoin [62]、「あのけだもの」Cette brute [63] を嫌悪する。そして次のように考える。

恋心でいっぱいの男たちも、彼らの中にうごめいているけだものの外貌を、しばしば目をそむけたくなるような、そしていつもおそろしいあの外貌を、ぴったり顔にくっつけているのだ。

[...] les hommes pleins de leur amour ont aussi, collée à la figure, *cette apparence souvent hideuse, toujours terrible de la bête qui remue en eux.* [64]

彼らは互いに獣のようにむさぼりあう。むろん彼らは、人間として実際に他者の肉を食べることはできない。心の中で、視線で、渇望の対象をむさぼるしかない。「マリア・クロス……今レイモンをむさぼるようにながめているのがその女だった」Maria Cross... c'était elle qui le dévorait des yeux maintenant [65]。レイモンが、不在のマリアを想像のなかで狩り立て、弄ぶ場面を「Ⅱ．狩猟 (1)」でとりあげたが、マリアも、レイモンと別れたあと初めて彼（の面影）を思いきり食べ、これと一体化することができる。

彼女は心の中でレイモンをむさぼり食べた、それからついこのあいだまでは恥ずかしさのためにいたたまらなくなったであろうようなある種の思い出を。

Elle *se repaissait* de Raymond et de souvenirs qui naguère l'eussent accablée de honte. [66]

ここに用いられた「むさぼり食べる」se repaître は、dévorer の類

義語である。
　上の引用とは逆に、レイモンがマリアをむさぼるという表現は、既に、彼がマリアを果物としてとらえる場面で出てきた。「目で彼女をむさぼり食うことだけが今お前に残されている」cela te reste maintenant de la dévorer des yeux [67]。これは、レイモンにとってマリアが決定的に無縁の存在となったときのことである。同じ表現は、ラルッセルの息子ベルトランにも用いられている。「きまじめでうぶなベルトランは、レイモンのそばを通るときには、この"不良"をむさぼるように見た」le pieux et pur Bertrand dévorait des yeux, lorsqu'il passait près de lui, le《sale type》[...] [68]。
　このように『愛の砂漠』に登場する人々は、視線で、想像力の世界で、渇望の対象を肉食獣さながら「むさぼり食う」のだが、満たされることはないように思われる。

Ⅴ．追い払う chasser
　もう一度、動物および狩猟の視点から、人物をみておきたい。レイモンが犬に喩えられたとき、どちらかというと負の、軽蔑的な意味をになわされていたのであるが、つねにそうであるわけではない。たとえばポールも犬に喩えられることがあるが、次の場合、研究に忠実で熱心な医学者のイメージが鮮明に浮かぶのではないだろうか。

　　自分をかじる隠密な敵からどんなことをしても心をそらすことができないのは女性の大きな不幸である。一たん顕微鏡にとりついたが最後、ドクトルは自分のことも外界のこともいっさい忘れてしまい、観察するものの虜になりきってしまう。ちょうど獲物を見つけて立ち止る犬がその獲物の虜になるように。

　　C'est la grande misère des femmes que rien ne les détourne de *l'obscur ennemi qui les ronge.* Alors qu'occupé à son microscope le docteur ne sait plus rien de lui-même ni du monde, prisonnier de ce qu'il observe, *comme de sa proie un chien à l'arrêt* [...]. [69]

ここでは、医学者としての研究も狩猟の暗喩でとらえられている。「自分をかじる隠密な敵」l'obscur ennemi qui les ronge とは、満たされない欲望の苛立ちや、所有できない渇望の対象への不安などを指すと思われるが、この表現自体はボードレールの次の詩句に由来しているに違いない（「敵」*L'Ennemi* [70]、『悪の花』X）。

——おお苦痛！　おお苦痛！〈時間〉は生命を食らい、
そしてわれらの心臓をかじる隠密な〈敵〉は、
われらの失う血を吸っては、大きく、強くなるばかり！

— O douleur ! ô douleur ! Le Temps mange la vie,
Et l'obscur Ennemi qui nous ronge le cœur
Du sang que nous perdons croît et se fortifie !

この詩における「敵」が何を指すのかについては、いくつかの説があるが、「時間」と考えるのが妥当である。従って、眼に見えない「時間」が、餌食をむさぼる動物のイメージによって具象化されているのである。上記の引用（モーリヤック）の場合、我々を本来の仕事から遠ざける憂慮（それが我々の生の時間を侵蝕している）が「敵」であると考えられているのであろう。そうした憂慮から解放されたとき、ポールの精神は自在さを取りもどす。

すると彼の精神は、見失ってはまた見つけ、こんがらかってくる思惟の足跡の上をさまよう。ちょうど猟犬が、散歩するだけ

で狩をしない主人のまわりを飛び回って藪をあさるように。

[...] et son esprit errait sur *ces pistes perdues, retrouvées, emmêlées, comme un chien bat les buissons autour de son maître qui se promène, mais ne chasse pas.* [71]

ここでは、猟犬に喩えられた精神が、女性を獲物とする狩猟に従わないときは、どんなに生き生きと自由に働くかが示されている。このとき、精神は豊かな実りを約束される。「彼はやすやすと論文をいくつも作る、後は筆をおろして書きさえすればよいのだ」Il composait sans fatigues les articles qu'il n'aurait plus qu'à écrire [72]。

ここで、ポールの動作の癖を一つ指摘しておきたい。彼は時々、何か眼に見えないものを追い払うしぐさをする。周囲のじゃまものがはっきりしているときもあるが、無意識に行うこともある。

彼は食事の最中に入ってくる、雑誌を一束かかえて。合図は聞えたのですかとクレージュ夫人が訊く。こんなに食事がだらだらでは、女中を居つかせようにも方法がない、と言う。ドクトルは蝿でも追い払うように頭を振って、雑誌を一冊広げる。

[...] il entrait au milieu du repas, avec un paquet de revues. Sa femme lui demandait s'il avait entendu sonner, déclarait qu'avec un service si décousu il n'y avait pas moyen de garder un domestique. *Le docteur remuait la tête comme pour chasser une mouche,* ouvrait une revue.[73]

「追い払う」chasser は本来「動物を狩る」という意味の動詞である。ここに狩猟のイメージが隠されている。彼の除去したいもの

は、日常の煩いであり、その中に深く埋もれている妻リュシーの、砂漠のように味気ない不平不満の訴えである。しかし同時にこのポールのしぐさは、夫婦の越えがたい乖離を生み出した彼の無関心の象徴でもある。

そうして彼女は蝿よりもっとうるさい注意でドクトルを悩ますのだった。

[...] et elle entourait le docteur de rappels *plus harcelants que des mouches* [...]. [74]

リュシーが蝿よりもうるさい存在になった原因の一つは、ポールの愛情の欠除である（「妻は何年も前からその愛情において傷つけられている」bien qu'elle fût depuis des années froissée dans sa tendresse [75])。彼女は夫の愛を取り戻そうとして、かえって夫を遠ざけるような言葉を吐いてしまう。すぐに悔んで、夫にまとわりついて、その機嫌をとろうと無器用に努める姿は、哀れというよりいじらしい。「われにもあらず積み重ねたあさましい言葉」(des) misérables paroles qu'elle accumulait en dépit d'elle-même [76] に気がつくと、彼女は後悔する。「私、何を変ったことを言ったかしら」《 Qu'est-ce que j'ai dit d'extraordinaire ? 》[77]、「私また何を言ったのかしら？ あなたって方は、すぐに腹をお立てになるのね」《 Qu'est-ce que j'ai encore dit ? Tout de suite, *tu te hérisses* 》[78]。

ところでこの「腹を立てる」se hérisser という動詞も小説中でくり返し用いられるが、これは「ハリネズミ」hérisson に由来し、動物が「（毛や羽根を）逆立てる」の意がある。人物たちの情念の動きが、動物のしぐさによって具象化されているのである。

モーリヤック『愛の砂漠』における動物

さてポールは、珍しく妻リュシーを庭の散歩に誘ったときも、彼女の卑俗な言葉に失望し、急いで書斎にもどると、癖になったしぐさをする。

書斎で、やっと、テーブルの前に坐り、焦悴した顔を両手でこねるようにした。それからもう一度、何かを払いのけるしぐさをした。

Là, enfin, assis devant la table, il pétrit à deux mains sa face exténuée, puis il fit encore *le geste de déblayer*... [79]

そっくり同じ動作が、17年後、パリでレイモンに会ったときもくり返される。

彼はまた、マリア・クロスの部屋でも同様のしぐさをみせる。マリアに冷たくあしらわれ、傷ついたポールは、彼女との関係を清算し、「すべての欲望、すべての希望を自分からもぎとる」(pour) arracher de lui tout désir, tout espoir [80] ことに努め、次のように考える。

よろしい、わかった、これでおしまいだ。この女にかかわるすべてのことは、今後自分とは無関係になる。自分は勝負から抜けたのだ。彼の手は、虚空に、カードを片づけるしぐさを描いた。

Hé bien, oui, c'était fini ; tout ce qui touchait à cette femme ne le concernait plus ; il était hors du jeu. Sa main fit dans le vide *le geste de déblayer*. [81]

彼は家に返る途中、同じ動作をくり返しそうになる。「彼はもう一度、カードを片づけるしぐさを、不要な物を取り払うしぐさをし

219

かけた」Il ébaucha encore *le geste de déblayer,* de faire place nette [82]。

　ここで、夫婦の関係、また老母と息子の関係も狩猟として描かれていることを指摘しておきたい。
　リュシーは、前にもふれたように、ポールの機嫌を損ねてはその回復に努める。

　　昨日あったような夫婦げんかの後では、彼女は夫のまわりをうろつく、その愛を取りもどそうとして。

　　Après une scène comme celle de la veille, *elle rôdait autour de son mari, cherchant à rentrer en grâce.* [83]

　彼女の行為は、主人の寵愛を得ようとする動物のそれに似ている。が、企てはいつも失敗に終る。ポールが病気で倒れたとき、妻リュシーと母のクレージュ夫人は彼を捕獲できて幸せに思う。マリアの所有を断念したポールにも、それは幸せに感じられる。

　　母がそばにいてくれることは楽しかった。だが、妻がそばにいることも楽しかった。それを自覚するのは楽しいことだった。息の切れる追跡のあとで、ついに動けなくなり、リュシーに追いつかれるにまかせたのだった。あらゆる摩擦を避けようとして母親がどんなに自分を抑えているかをみて驚嘆した。一時ではあるが、職業から、研究から、彼女らの知らない恋愛から奪い返したこの獲物を、二人の女は争わずに分け合った。獲物はじたばたしない。彼女らのちょっとした言葉にも関心をもち、その世界は彼女らの世界に釣合うように狭くなっている。

La présence de sa mère lui était douce, mais aussi celle de sa femme, et ce lui était une douceur de s'en aviser : immobile enfin, après *une poursuite épuisante*, il se laissait rejoindre par Lucie ; il admirait comme sa mère s'effaçait pour éviter tout conflit : *les deux femmes se partageaient sans dispute cette proie arrachée* pour un temps au métier, à l'étude, à un amour inconnu, et *qui ne se débattait pas*, qui s'intéressait à leurs moindres paroles, dont l'univers se rétrécissait à la mesure du leur. [84)]

家の外で狩猟を続けている男（マリアのような女性だけでなく、研究に対しても彼は猟犬に喩えられていた）も、疲れて家庭の罠にもどることを、女たちは本能的に知っていたかのようである。

VI. 横たわる女、あるいはスフィンクス

ラルッセルとうまく結婚できて、何不自由ないブルジョワの安定した生活に入るまでのマリアには、謎めいた魅力があり、ポールとレイモン父子はこの獲物を捕えようと狩りに出かけ、逆に狩られる（chasser される＝追い払われる）ことになる。

マリアは、ラルッセルにあてがわれた館で怠惰な生活を送るが、ポールやレイモンを迎えるとき、ほとんどいつも長椅子に横たわり、たいていは本を読んでいる。ポールという医者に対しては、それは患者のとる姿勢であり、ある意味では自然なものといえるかもしれない。だが、他方でこれはマリアが外の、他者の世界から強いられた姿勢であると同時に、彼女が半ば意図してとる、作りものの、欺瞞の姿勢であると考えられる。

まずこれは、労働を拒否する怠惰の姿勢である。嘘がまじっているかもしれないが、マリア自身、ポールに対して次のように自己分析をしてみせる。

私を破滅させたのは生活の不如意ではなく、ことによったら一ばん卑しいものだったかもしれません。立派な地位がほしいという気持ち、身を固めているという安心感……それに今、私を「彼」（＝ラルッセル）のそばに引きとめているものは、もう一度始めなければならない戦いを前にして尻ごみする気持ち、働くこと、お金にならないつらい仕事を前にして尻ごみする気持ちです……

　[...] ce n'est pas le besoin qui m'a perdue, mais peut-être ce qu'il y a de plus vil : le désir d'une belle position, la certitude d'être épousée... Et maintenant, ce qui me retient encore auprès de "lui", c'est cette lâcheté devant la lutte à reprendre, devant le travail, la besogne mal payée... [85]

　ポールは、レイモンにむかって、マリアの「《ぜいたくと貧乏の同居する》客間」le salon《 luxe et misère 》[86]での生活を次のように説明する。つまり、「癒すことのできないものぐさ」une indolence inguérissable [87]と、マリア自身の言う「自棄的ななげやりの気持ち」*nonchalance désespérée* [88]（イタリックは作者）から、ラルッセルの「囲われ者」*poule* au patron [89]（パトロンのメンドリ）になったと。「破れた部屋着をはおり、素足にスリッパをひっかけたまま、一日じゅう本を読んでいる方が好きだった」Elle préférait lire toute la journée, vêtue d'une robe de chambre déchirée, les pieds nus dans ses pantouffles [90]マリアは、「インテリ女性」intellectuelle [91]を気取る。これは、自分を娼婦と言って侮蔑する世間への虚勢、精一杯の抵抗とみることもできよう。

　ドクトルはノックもせずに客間へ入った。横になっていたマリ

アは起きあがりもしなかった。それどころか彼女は、しばらくのあいだ、本を読みつづけた。それから、「さあ済みました。先生、お相手できますわ」こう言って両手を差出し、彼が長椅子に並んで坐れるように少し足を退いた。「そっちの椅子はだめですわ。こわれてますの。〔…〕」

> [...] et il était entré sans frapper dans le salon où *Maria Cross étendue ne se leva pas* ; elle avait même, pendant quelques secondes, poursuivi sa lecture. Puis : 《 Voilà, docteur, je suis à vous. 》 Et elle lui offrait ses deux mains, écartait un peu ses pieds pour qu'il pût s'asseoir sur la chaise longue : 《 Ne prenez pas cette chaise, elle est cassée. [...] 》[92]

後に、彼女はレイモンに対してもほぼ似たような態度をみせるが、そのとき、「少しむき出しになった足の上に部屋着の裾をかき寄せた」Elle ramena sa robe sur ses jambes un peu découvertes [93] のは、恥じらいと同時にレイモンを挑発するためでもあろう。椅子がこわれたままに放ってあるのも、生来のものぐさによるだけでなく男客を身近に引寄せるためであろう。いつもカーテンを閉めた薄ぐらい客間の長椅子に身を横たえ、タバコをふかすか本を読んでいるこの女の姿には、男性あるいは世間への挑発と拒絶がよみとれる。誇り高い挑発となげやりな自棄。おとなしく捕えられたようでいながら、いつ起きあがって攻撃に出るかもしれない獲物の姿勢。マリアはテレーズにみたような丸くうずくまったかたち、完全な防御のかたちはとらない。むしろこの姿勢は、反撃のための潜勢力を蓄える、待機あるいは雌伏に他ならない。

　レイモンの情婦の一人は次のように言う。

恋をしていて、苦しいときは、丸くなるの、待ってみるの。

En amour, quand je souffre, *je me mets en boule*, j'attends. [94]

この言葉が頭にあったのか、レイモンも似たようなこと考える.

「丸くなるんだ」彼は自分にくり返す——「長くは続かない。終るまで、気長に待つのだ。浮き身をすることだ。」

《 *Mets-toi en boule*, se répète-t-il, ça ne durera pas ; en attendant que ce soit fini, drogue-toi ; fais la planche. 》[95]

これは、マリアに再会して燃えあがった肉欲の炎について述べられており、虐げられた女たちがとる姿勢とは意味がちがうが、いずれも追いつめられた獲物の姿勢に似ているといえよう。マリアはこのように身を丸く縮めることはない。我々には、その横たわる姿は神話の人物のようにみえる。彼女の神格化については既に述べた（「Ⅱ. 狩猟(1)」）。彼女はそこで自らのことを「アルテミス」Artémis [96]に喩えたが、別の箇所では「ガラテア」Galatée [97]とひき比べて考える。レイモンは、久しぶりに出会ったマリアの年をとらない美しさのなかに「永遠の子供時代」enfance éternelle [98]を認めて、次のように言う。

女はそこにいる、そっくりそのままの姿で。知られざる情熱の17年の後に、かわることなく。「宗教改革」の炎も、「恐怖政治」の炎もその微笑を変えことができなかったあの黒い聖母たちのように。

Elle était là, toute pareille, après dix-sept années de passions inconnues, comme ces vierges noires dont aucune flamme de la Réforme ni de la Terreur ne put altérer le sourrire. 99)

そのマリアは、17年前も今も「相変らずあのものを問いかける眼、あの光りかがやく額」Toujours ces yeux qui interrogent, ce front plein de lumière 100)をもっている。この問いかける眼と知的な額をもつ女について、17年前、少年のレイモンは次のように述べている。

だがその女は、彼を面妖な顔で見つめていた。同時に知的でも動物的でもある顔で。そうだ、不可思議で、非情な、笑いを知らない獣の顔だ。

Mais cette femme-là le contemplait avec *une face étrange, à la fois intelligente et animale, oui, la face d'une bête merveilleuse, impassible*, qui ne connaît pas le rire. 101)

レイモンだけが半獣神、あるいは半獣半人の怪物なのではない。マリアもまた半獣半人の「同時に知的でも動物的でもある」謎の存在、人間の枠を超えた不可解な存在なのだ。ここで、ボードレールのソネット「美」*La Beauté*（『悪の花』XVII）を引いておかねばならない。第二節は次のとおりである。

　　私は不可解なスフィンクスのように蒼穹に君臨している
　　私は雪の心を白鳥の白に結びつける
　　私は線の位置を変える運動が厭わしい
　　また決して私は泣かず　決して私は笑わない

Je trône dans l'azur comme un sphinx incompris ;
J'unis un cœur de neige à la blancheur des cygnes ;
Je hais le mouvement qui déplace les lignes,
Et jamais je ne pleure et jamais je ne ris.

　これは、「不感無覚、非情さ」impassibilité の美を追求する高踏派の側面をもつ作品である。マリアの大てい寝そべっている姿は、ここに描かれた古代エジプトの巨石像に似通うが、「不可思議で、非情な、笑いを知らない獣の顔」 la face d'une bête merveilleuse, impassible, qui ne connaît pas le rire とその「問いかける眼」ces yeux qui interrogent は、旅人に謎をかけ、解けない者を食い殺したギリシア神話のスフィンクスを想起させる。マリアというスフィンクス的存在の神秘的な美貌に魅せられ、その挑発と拒絶に験され翻弄されて、ポールとレイモン父子は天使と獣のあいだを揺れうごくが、そのどちらにもなりきることはできない。マリアも彼らとかわらない。彼女はレイモンを狩の獲物のように手なずけ、誘惑しようとするが、自らそれをあきらめる。

　ガラテア（乳白の女）[102] は50人の海のニンフ（ネレイス）の一人で、キュクロープス（一つ目巨人）のポリュペーモスに求愛されるが、彼が余りにも醜かったのでファウヌス神とニンフのシュマイティスの子・羊飼いのアーキスのもとへ逃げる。一説では、ポリュペーモスがポセイドンの息子とわかったとき、彼女の軽蔑は用心深い親切に変わったという。他の説では、彼女はポリュペーモスの欲望に屈して3人の息子をもうけたという。

　　ガラテアは彼女を恐れさせるものから逃げるが、それは同時に
　　彼女の求めているものでもある……

Galatée fuit ce qui la terrifie qui est aussi ce qu'elle appelle...[103]

「彼女を恐れさせるもの」とは、マリアに対する欲望のために醜い獣の顔にかわったレイモンであるが、それは同時に神話の醜いポリュペーモスを暗示している。マリアはレイモンを所有するために呼び寄せながら彼から逃げ、一人になると遠ざけた彼を渇望して煩悶する。

　自殺をはかったマリア（彼女はそれを否定するが）は、診察に来たポールに赤裸々な告白をする。「私たちと対象とのあいだには、さわること、抱きしめることよりほかには道がついていない……つまるところ、肉の歓び以外には！」il n'est aucune autre route entre nous et les êtres que toucher, qu'étreindre... la volupté enfin ![104]にもかかわらず、

　　　私は快楽と歩調があうようにできていないのです……でも快楽だけが、私たちの求めている対象を忘れさせ、この対象そのものになるというのに。「獣におなりなさい」って、それは言うに易しですわ。

　　　Je ne suis pas à la mesure du plaisir... Lui seul pourtant nous fait oublier l'objet que nous cherchons, et il devient cet objet même. "Abêtissez-vous", c'est facile à dire. [105]

　「信仰についてのパスカルの教訓を彼女が肉の歓びに適用するのは興味をそそる、とドクトルは考える」le docteur songe qu'il est curieux qu'elle applique à la volupté le précepte de Pascal touchant la foi [106]のだが、このパスカルの教えとは、『パンセ』Pensées の次の断章を指すのであろう（ブランシュヴィック版・358）。

人間は、天使でも、獣でもない。そして、不幸なことには、天使のまねをしようとおもうと、獣になってしまう。[107]

　L'homme n'est ni ange ni *bête*, et le malheur veut que qui veut faire l'ange fait *la bête*.

おわりに
『愛の砂漠』の人物はほとんどみな、一貫して動物に喩えられ、互いに「狩る者－狩られる者」の役割りを代わる代わるつとめながら互いの愛を求めあう。そして、一人一人の内と外に拡がる砂漠、愛する対象から彼らを距てる空虚を越えようとして、聖人と俗人、天使と獣のあいだをさまよいつづけるのである。
　最後にレイモンの自殺の企てについて述べておきたい。なぜ彼は自殺しようとしたのか、その理由が十分に描かれていないのはこの小説の弱点の一つであり、またそのために、なぜ彼が自殺を思いとどまったのかもよく分からない。
　彼は初め、父親のピストルで死のうとするが、「神は彼が弾丸を見つけることを望まなかった」Dieu ne voulut pas qu'il en trouvât les balles [108] ので、草原にある溜池で入水自殺しようとする（ここで「神」Dieu が登場することもやや唐突で、説得力に欠けると言わねばならない）。

　その水の上を蚊が飛びまわっていた。蛙が、小石のようにこの動く闇をかき乱した。水草にからまれて、一匹の獣の死骸が白かった。その日、レイモンを救ったのは、恐怖ではなくて、嫌悪だった。

　Des moustiques dansaient sur cette eau ; des grenouilles, comme des cailloux, troublaient cette ténèbre mouvante. Prise dans des plantes, *une bête crevée* était blanche. Ce qui sauva Raymond, ce jour-là, ne fut pas la peur, mais le dégoût. [109]

　この「嫌悪」le dégoût はどこからきたのか。白い獣の死骸からと思われる。どんな獣かは示されていないが、家族や愛する人から犬などの動物のようにみられ、自分でもそのことに気づいているレイモンが、ぎりぎりの所で、死んだ獣のようになることを拒んだのである。

　モーリヤックはここに、神の深遠な配剤によるかすかな救済の光をしのびこませようと意図したのであろうが、作品の自律性からだけではそれを充分には感じ取ることができないように思われる。

　　　註
1) テクスト： *Œuvres romanesques et théâtrales complètes*, I (1978), II (1979), III (1981), IV (1985), Gallimard, Bibliothèque de la Pléiade. 以下、引用については、巻数と頁数を示す。『テレーズ・デスケイルー』および『愛の砂漠』の訳はいずれも杉捷夫（新潮文庫版）によるが、全体にわたって字句を大幅に変えた。
2) II, p. 38
3) *Ibid.*
4) *Ibid.*
5) *Ibid.*
6) *Ibid.*, p. 35.
7) *Ibid.*, p. 45.
8) *Ibid.*, p. 44. この小説の冒頭、プロローグにあたる箇所（作者からのテレーズへの呼びかけ）に同じような表現がある：「幾たび、家庭の生きた格子ごしに、私は眼にしたことだろう、おまえが（牝狼の）しのび足で、ぐるぐると歩きまわる姿を」Que de fois, à travers les barreaux vivants d'une famille, t'ai-je vue tourner en rond, à pas de louve [...] (*Ibid.*, p. 17)。
9) *Ibid.* テレーズについて、同じ内容の表現がある：「猟犬の群れが近づくの

を耳にしながらうずくまっている獣」bête tapie qui entend se rapprocher la meute [...] (*Ibid.*, p. 73)。
10) *Ibid.*, p. 35.
11) *Ibid.*, p. 36.
12) *Ibid.*, p. 84.
13) *Ibid.*, p. 73.
14) *Ibid.*, p. 58.
15) *Ibid.*, p. 57.
16) I, p. 797.
17) *Ibid.*, p. 744.
18) *Ibid.*
19) *Ibid.*
20) *Ibid.*, p. 804.
21) *Ibid.*, pp. 804-805.
22) *Ibid.*, p. 805.
23) *Ibid.*, p. 1351.
24) *Ibid.*, p. 824.
25) *Ibid.*
26) *Ibid.*
27) *Ibid.*, p. 826.
28) *Ibid.*, p. 804.
29) *Ibid.*, p. 826.
30) *Ibid.*, p. 842.
31) *Ibid.*, p. 819.
32) Joël SCHMIDT, *Dictionnaire de la mythologie grecque et romaine*, Larousse, 1970, p. 227.
33) I, p. 818.
34) *Ibid.*, p. 766.
35) *Ibid.*, pp. 766-767.
36) 阿部良雄訳『ボードレール全集』Ⅰ、筑摩書房、1983、p. 81.
37) I, p. 818.
38) *Ibid.*, p. 805.
39) *Ibid.*, p. 804.
40) *Ibid.*, p. 844.
41) *Ibid.*, p. 825.
42) *Ibid.*, p. 745.
43) *Ibid.*

44) *Ibid.*, p. 755.
45) *Ibid.*, p. 813.
46) *Ibid.*, pp. 813-814.
47) *Ibid.*, p. 805.
48) *Ibid.*, p. 815.
49) *Ibid.*, p. 808.
50) *Ibid.*, p. 1353.
51) Joël SCHMIDT, *op. cit.*, p. 276.
52) I, p. 828.
53) *Ibid.*, p. 1353.
54) *Ibid.*, p. 828.
55) *Ibid.*, p. 812.
56) *Ibid.*, p. 769.
57) *Ibid.*, p. 757.
58) *Ibid.*, p. 752.
59) *Ibid.*, p. 803.
60) *Ibid.*, p. 862.
61) II, p. 38.
62) I, p. 827.
63) *Ibid.*
64) *Ibid.*
65) *Ibid.*, p. 796.
66) *Ibid.*, p. 819.
67) *Ibid.*, p. 825.
68) *Ibid.*, p. 795.
69) *Ibid.*, p. 804. ポールを犬に喩える別の一行：「犬が土に埋めた骨を掘り出すように、彼は自分の想像の世界へまいもどるのだった」comme un chien retrouve l'os enterré, il revenait à ses imaginations [...] (*Ibid.*, p. 779)。
70) 阿部良雄訳, *op. cit.*, p. 32.
71) I, p. 829.
72) *Ibid.*
73) *Ibid.*, p. 745.
74) *Ibid.*, p. 760.
75) *Ibid.*
76) *Ibid.*, p. 790.
77) *Ibid.*, p. 750.
78) *Ibid.*, p. 752.

79) *Ibid.*, p. 791.
80) *Ibid.*, p. 787.
81) *Ibid.*
82) *Ibid.*, p. 788.
83) *Ibid.*, p. 751.
84) *Ibid.*, pp. 829-830.
85) *Ibid.*, p. 755.
86) *Ibid.*, p. 744, et aussi p. 761.
87) *Ibid.*, p. 802.
88) *Ibid.*
89) *Ibid.*, p. 801.
90) *Ibid.*, p. 800.
91) *Ibid.*, p. 801.
92) *Ibid.*, p. 761.
93) *Ibid.*, p. 821.
94) *Ibid.*, p. 856.
95) *Ibid.*, p. 860.
96) *Ibid.*, p. 819.
97) *Ibid.*, p. 827.
98) *Ibid.*, p. 742.
99) *Ibid.*
100) *Ibid.*
101) *Ibid.*, p. 771.
102) Joël SCHMIDT, *op. cit.*, p. 131.
103) I, p. 827.
104) *Ibid.*, p. 838.
105) *Ibid.*
106) *Ibid.*
107) 前田陽一訳『パスカル』(『世界の名著』24)、中央公論社、1966、p. 207.
108) I, p. 757.
109) *Ibid.*

あ と が き

　ボードレールの小品「ぼくは忘れていない…」の評釈は、最初の留学を終えた翌年、日本フランス語フランス文学会の秋季大会で発表した。その折、阿部良雄先生からの質問にきちんと答えられなかったことが今も頭に残っている。これは、その年度の学会誌に掲載された。
　本書に収めた論考は、上記『フランス語フランス文学研究』、広島女学院大学『論集』、同『一般教育紀要』、広島大学『フランス文学研究』に発表し、のちに手を加えたものである。フランス語で書いたものと日本文学を扱ったものは、それぞれ別にまとめるつもりである。
　私のなかで、詩作と批評は区別されていない。ひとつの茎からのびる二本の蔓のように、同じ虚空にむかってせりあがり、互いによじれあい、もつれあっている。かえりみて、その何と貧しい繁茂ぶりだろう。それでも秋の葉陰のそこここに、紅い実がひっそりと輝いていて、読者の眼にとまるならしあわせである。「敵」*L'Ennemi*（『悪の花』X）の一行が思い出される。

　　わが庭に残る　ほんの僅かな紅い果実
　　Qu'il reste en mon jardin bien peu de fruits vermeils.

　本書は、広島女学院大学から学術研究助成を得て上梓された。それにしても私ごとき菲才・懶惰な者が文学作品を読み、批評し、同時に詩を書くという行為をどうにか続けられたのも、巡りあえた師、

先達や同僚のお支えがあったればこそとあらためて思う。ここにその方々のお名前をすべて記すことはできないが、中村義男（故人）、長崎広次（故人）、佐藤弓葛（故人）、更に杉山毅、戸田吉信、佐藤巌、片柳寛、阿部良雄、ジョゼフ＝マルク・ベイルベ、クロード・マルタン、エドガール・ピックの諸先生、批評家の栗田勇、佐々木基一（故人）、杉本春生（故人）、詩人の中桐雅夫（故人）、相良平八郎（故人）、思潮社の前社主・小田久郎の諸氏に、この小さな書を献げる。

　最後になるが、エリュアールやプルーストを教えていただき、給費生コンクールの受験準備に助力くださったフランソワーズ・アンヌ・ランツ先生に、この書を献げる。ランツ先生は、私の渡仏直前に、ジュアン・レ・パンの別荘で亡くなられた。先生はずっと、モンパルナス墓地の、ボードレールの墓の近くに眠っておられる。

　　　　　　　　　　　　　　　　　　　　　　　　著　者

TABLE

Préface

I

Exégèse de *Je n'ai pas oublié, voisine de la ville,...*
L'Image de l'animal chez Baudelaire
L'Esotérisme et Baudelaire sous l'angle du magnétisme animal interprété par Eliphas Lévi
Le paysage oculaire chez Baudelaire
— De 《 reflété par mes yeux 》 aux 《 deux yeux fermés 》 —

II

Portrait du *Poète* chez Supervielle
Supervielle ou la perception de la vie
Sensation physique chez Supervielle
Le cercle dans *L'Enfant de la haute mer*

III

L'Image de l'animal dans *Le Désert de l'amour*

Postface

横山　昭正（よこやま　あきまさ）

1943年、広島県福山市に生まれる。広島大学大学院文学研究科博士課程修了（1976年）。フランス政府給費生（1972－75年）。リヨン第二リュミエール大学客員研究員（1991－92年）。現在、広島女学院大学教授。著書に『夢の錨』（詩集・思潮社）、『広島の被爆建造物』（共著・朝日新聞社）など。詩誌『グリフォン』主宰。

石　の　夢
──ボードレール・シュペルヴィエル・モーリヤック──

2002年3月30日　初版第1刷発行

著　者　横山　昭正
発行者　木村　逸司
発行所　株式会社　溪水社
　　　　広島市中区小町1－4（〒730-0041）
　　　　電　話（082）246－7909
　　　　FAX（082）246－7876

ISBN4－87440－691－2　C3098